부산의 문장들
051

일러두기

뒷부분에 작가노트를 모아두었습니다.

051 : 부산의 문장들

서문

당신의 부산을 위해서

 마지막 편집이라며 손을 뗄 때마다 다시 펼치면 고칠 곳이 보여 마음이 아팠습니다. 그럼에도 지금 이 책을 읽고 계시다면, 우리는 끝내 이 작업을 완주했다고 믿습니다.

 부산에 살기 때문일까요. 타지 사람을 만나면 자연스레 부산 이야기를 꺼내게 됩니다. 광안리의 바다, 갓 썬 회, 뜨끈한 돼지국밥 같은 반짝이는 장면들을 말하곤 합니다. 동시에 몇 마디 부정적인 말로 도시가 쉽게 단정되는 순간도 있었습니다. 인정하기 싫었지만 그 말들에도 일리가 있어 마음이 씁쓸해지곤 했습니다.

오랫동안 부산을 떠올렸습니다.

 제게 부산은 산복도로 언덕과 골목마다 스민 숨결, 바닷가를 걷는 발소리, 그리고 조용하지만 단단히 이어지는 일상의 풍경으로 이루어져 있습니다. 서툰 글로는 다 담기지 않는 행복과 낭만, 청춘 같은 것들, 주황색 신호등이 점멸하는 밤거리, 떠올리면 쓸쓸해 술을 찾게 되는 에피소드까지도 함께 담겨 있습니다.

"051 부산의 문장"은 '부산'이라는 단어에서 출발해 각자의 부산을 기록하는 단편집 프로젝트입니다. 조금 더 멋진 이유를 붙이고도 싶었지만, 오래 생각해 보아도 끝내 선명하게 남은 문장은 하나였습니다. 살아온 부산, 그리고 앞으로 살아갈 부산을 글로 써보고 싶다.

이번 단편집에는 열세 분의 작가가 참여하였습니다.
 '부산'이라는 단어에서 시작하여 형식 없이 자유롭게 쓴 글들이 모였습니다. 어떤 글은 파편처럼 작고 반짝이며, 어떤 글은 삶의 결 속으로 부산이 깊이 스며들어 있습니다.

 잔이 가득 차면 부딪히기 어렵듯, 넘치지도 모자라지도 않게 각자의 높이만큼 채운 이야기들이 서로 부딪혀 울림을 만들길 바랐습니다. 이야기의 크기나 길이가 울림의 깊이를 대신하지는 않습니다. 서로 다른 높이의 잔이 마주칠 때에만 나는 소리가 한 도시를 더 넓고, 더 정직하게 비춘다고 믿습니다.

 그렇다고 부산을 강요하고 싶지는 않습니다. 저마다의 도시가 있듯, 당신의 마음에도 당신만의 도시가 있을 테니까요. 책의 어느 문장, 어느 장면이 당신의 도시와 가볍게 부딪혀 작은 소리를 낸다면, 그것만으로도 이 작업은 제 몫을 다한 것입니다.

모든 글은 누군가에게 읽히고 건네질 때 비로소 완성됩니다. 책이 당신의 손에 닿는 순간부터 이야기는 당신의 것이 됩니다. 읽는 동안 몇몇 글은 가방 속에서 오래 잠들기도 하고, 몇몇은 통근길 몇 정거장을 함께 지나가기도 하며, 어떤 글은 단 세 줄만 읽히고 책장으로 돌아갈지도 모릅니다. 그러나 언젠가 한 문장은 접힌 모서리와 함께 다시 발견될 것이고, 또 다른 문장은 다음 사람에게 건네질 것입니다.

 이 책에 실린 모든 글과 사람들, 그리고 부산의 날씨와 골목, 냄새와 소리, 이름과 표정에 고맙습니다. 아직 이름 붙지 않은 감정들과, 당신의 도시에도 감사의 마음을 전합니다.

 당신의 부산을 위하여.
 이성웅 느림.

차례

김동현	부산의 윤슬	1
이해린	묘한 여자	25
훈재	나의 그림자였던	49
민	생각과 글과 시와 마음	67
오사	파도가 없는 바다	89
정연	어디, 사람	115
안영희	가오리와 Am	137

다영	매축지 마을	157
김효선	불안과 바다	189
권민수	표류인간	205
김월가	온 더 레일	235
헤파리	비가시 생존	259
지록	꿈을 담은 바다	271

작가 노트

김동현

안녕하십니까. 김동현입니다.

제 자랑을 하자면 2000년 01월 01일 생이라는 사실 하나 밖에 없습니다. 태어날 때부터 대통령상을 받은 기분을 아십니까?

저도 모릅니다. 자각 못했거든요.

그냥 생일 때문에 새해 인사를 남에게 먼저 못해봤습니다.

특권인가요? 부당한건가요?

부산의 윤슬

김동현

1. 당신들이 무엇을 기대하든 기대 이하의 것을 보여줄 수 있게 되었다

 그것으로 만족해 손가락을 뗐다.

 다시, 내게 부산이 어떤 존재인지 상기시켜 본다. 우리 조부의 부모는 왜 부산을 선택했을까. 일본에서 부산으로 그들이 왔던 이유에 대해 생각해본다. 단서는 한정적이다. 부산에서 공장 및 목욕탕을 운영했다는 사실, 아버지의 이상한 소비습관, 지금은 그런 부유함 따윈 거리가 멀어진 나의 삶, 돌아가신 할아버지, 유난히 볼이 빨간 사촌동생.

어머니는 토종 한국인이다. 할머니도. 부산사람. 아버지는 절반, 나는 그 절반을 물려받은 쿼터 일본인이다.

 이 지점에서 부산을 대해야 할 태도를 알 수 있다. 부산은 내 전부를 주진 않았다. 이방인과 동시에 고향이다. 부산에 놀러왔으며 부산에서 자라났다. 동시에 나는 일본인이 아니다.
 경주 김 씨지만 집안에 족보가 없을 때부터 알아봤어야 했다. 아니다, 성씨를 샀다면 오히려 족보가 있어야 되는 것이 아닐까. 무엇이 어디서부터 나를 구성하는 요소인지 알 방법이 없어 부산 사람이 되고 싶었다. 그것 하나 명명해준다면.

 이 책무를 줄이고 싶었던 걸까. 사분의 일 만큼의 다름이 나를 조여 온다. 글을 쓰고 싶어 전과를 했고, 글을 쓰고 싶었던 이유조차 잊은 지금의 내가 글에게서 도망치고 있다. 나는 왜 부산에서 태어났고 부산을 주제로 글을 써야만 하는 것인가.

 만들고 싶은 톤 앤 매너, 옐못으피어~, 당신의 기획은 어디까지가 당신의 몫입니까?
 여인들을 따라 시선을 옮겼던 시간들이 많았다. 그녀들의 품에 안기고 싶었던 기억도 많다.
 뜻대로 된다면 모든 남자는 바람둥이가 되었을 것이다.

부산의 윤슬

-일어나
-몇시
-열한시

   결렬된 사랑과 맞춤법의 공통점이라면 누군가는 지적한다는 것이다. 사랑에 방법이 있다면 모두가 학습하길 바라는 사람으로 사랑은 정형화 된 공식이 필요하다는 입장이다.
   어제는 밤을 새고 모르는 여자를 만나러 나갔다. 이름도 나이도. 출처도 모르는 여자지만 여자라는 보장도 없지만 나는 여자를 만나러 갔다. 자신을 여자라고 주장하는 그 사람은 아니 사실 주장한 일은 없었지만, 취미는 바느질, 가장 좋아하는 음식은 떡볶이, 나는 만나러 간다.

   종료와 시작의 차이는 엄마의 유무다.
   방금 일어났으면 잠이 끝난 거다.
   다시 잘 수 있으면 잠의 시작이다.

   잠시 길가의 건물들이 대화를 나눈다.

-소재지가 같아.
-사랑해

부산의 윤슬

인부들은 꿀벌이다.

건물이 관계를 맺으면 작은 건물이 태어나야 되는데 요즘은 크게만 짓다보니 모기 덩치가 커졌다. 꿀벌이 없다면 지구는 살아난다.

모든 여왕벌이 그렇듯 그녀도 많은 남자를 만났을까.

당신이 누군가의 관심을 얻고 싶다면 그녀가 가장 싫어하는 행동을 하면 된다. 아이러니 하게도 그것이 사랑이다. 무슨 말을 하는지 모르겠다고 생각이 드는 것이 정상적인 사고방식이다. 정상의 기준은 무엇이며 누가 정한 것일지도 모르겠지만 다수의 의견이 정상이라는 어휘의 개념과 유사하기 때문에 다수의 의견은 정상이다.

뉴스에 집중하다보면 부산은 정말 멸망하기 직전이다. 나 사실 일본인이다. 일본으로 가면 그만이다. 다만 일본에 살 곳이 없다. 어디 무덤 위에서 게임을 하느냐 묻지 마라.

지금부터는 이해 할 수 없는 이야기를 하겠습니다. 당신은 없습니다. 저의 텍스트에 당신을 맞추고 이 글이 당신을 대변하게 되는 것입니다. 이해하시겠습니까? 당신은 당신이 읽는 지금 이 글이 당신이라고 믿게 되는 것입니다.

당신은 당신에게도 당신이 됩니다. 나라는 존재는 없

부산의 윤슬

고 나의 신체와 나의 영혼은 별개이며 당신의 영혼은 당신이 아닙니다. 당신이 사용하는 이 언어가 당신의 영혼입니다. 당신은 언어이며 언어가 아닙니다. 당신은 무엇입니까?

  사메타 짜리 건물이 쓰러진다.

  저기 사랑하는 당신이 있습니다. 당신에게서 당신의 얼굴을 찾습니다. 당신은 당황합니다. 당신의 얼굴이 아니라 당신이 있습니다. 당신에게 사랑은 무엇입니까? 당신의 사랑은 정답이 존재합니까? 당신이 당신을 사랑하는 일이 무엇입니까?
  사랑하는 당신이 당신에게 당신을 괴롭게 하는 일을 합니다. 그래도 당신을 사랑합니까?
  혼재된 당신은 당신을 잊었습니다. 당신은 다시 당신들 곁으로 돌아가 당신을 내려놓습니다. 사랑하는 당신들을 바라봅니다. 더 이상 당신의 얼굴은 존재의 의의를 상실합니다.
  담고 있는 사과를 나누어 줄 수 있다면 당신은 몇 개까지 사과를 들고 있을 수 있습니까?
  어린 동생이 생겼던 저는 어머니가 숟가락으로 갉아주시던 사과가 먹고 싶었습니다. 제가 먹은 기억은 없는데요, 그게 더 맛있어 보이더라고요.

부산의 윤슬

당신의 사랑에는 얼굴이 존재하지 않습니다. 당신이 싫다고 말하는 당신이 당신입니다. 당신은 평소에 당신이 지적 받길 좋아한다고 생각합니다. 당신은 그렇게 당신이라는 것을 알게 됩니다. 당신은 어떤 맞춤법으로 당신들을 이해해 왔나요.

 틀린 맞춤법은 당신을 당신들 곁으로 밀어 넣습니다. 당신의 얼굴들을 잃게 만듭니다. 당신은 그 사이에서 지적받습니다. 당신은 당신들과 다르다는 생각에 빠져듭니다. 당신은 당신들 사이에서 우월감을 느낍니다.

 결코 사랑은 지적이 아닙니다. 당신은 사랑하십시오. 당신만은 당신을 사랑하십시오. 당신을 사랑해 줄 것은 당신 밖에 없습니다.

20xx.07.07.

 당신이 알 수 없는 말 보다 당신이 느끼는 것에 집중하다 보면 당신은 알 수 없는 말에 대해 관심을 가지게 된다. 당신은 무한히 언어의 끝자락에 머물고 있지만 당신은 언어를 지배하고 있다고 믿게 된다. 무엇이든 궁금하면 알 수 있는 것과 무한히 증가하는 개체의 관계에서 당신은 어떤 선택을 하고 살아가고 있습니까?

 검게 그을린 피부에 민감했으므로 그 속은 얼마나 새까맣게 타들어 갔는지 알 방도가 없었습니다. 파도가 치면 그저 그러려니 했고, 바람이 불면 짧게 자른 머리가

부산의 윤슬

흐트러질까 걱정했습니다. 서울에서 부산으로 내려온 권씨는 서핑에 큰 취미가 없어 바다에 나가지 않았습니다.

 어디서 무엇을 듣고 자랐을까 나는 내가 파도에 몸을 맡겨본 적도 없으면서 바람이 불지 않았으면 좋겠다고 생각했습니다. 어제는 아내인 박씨와 함께 해운대 바다를 걸었는데요.
 이상한 소리를 하는겁니다. 글쎄 자기가 용왕의 딸이라네요. 시발 그럼 제가 용왕 사위 아닙니까? 경사났네요? 어쩐지 고아라고 할 때부터 믿진 않았지만 용왕의 딸이라니 정말 횡제 했습니다.
 파도가 집이 더러우면 내 집이면 다 뜯어 고친다며 사라졌다. 굳이 2년 뒤에 이사 갈 텐데 왜 그러냐 싶지만 우리의 일이 힘들어 보이는 이유는 영어 잘하고 컴퓨터 잘하고 어떤 직업을 가져도 될 사람이 되어야 한다고 그랬다. 바다 앞에서 항공, 숙박에 대해 논하는 어떤 남자에게 질문을 던졌다. 어딜 그렇게 떠나고 싶어 그러느냐?

 몇시에 도착 할지 모를 그 사람은 오늘도 나를 모래사장으로 밀어 넣는다. 발이 한숨처럼 푹푹 꺼진다. 당신은 바지사장보다 모래사장에 가까운 사람이다. 둘 다 가짜인데 뭘 구분 짓는 가 싶다. 수소차를 주고 수소차 충전소가 없는 세상에서 이걸 쓰라고 하면 어떻게 합니까?

부산의 윤슬

전기차를 다 보내도 모자랄 판국에 이게 무슨 일인지 모르겠다.

 매일 태우는 사람은 아내밖에 없다. 그래, 내가 문제다. 아들은 다섯 살이다. 왜 다섯 살인지 모르겠다. 발을 담근 일에는 관심이 없었다. 모래성을 쌓아 두 손을 곱게 넣고 여름엔 덥게 겨울엔 춥게 비가 내리는 모래사장의 껍데기와 속을 구분하느라 손발이 다 까지고 말았다.

 우리의 여름엔 기침이 없었고, 당신은 여름이 되면 불면에 시달렸습니다. 피부가 팽창하여 터지기 일보직전이었습니다. 소문에 의하면 당신은 삼투압의 영향을 받지 않는다고 했는데요. 풍선과 팔씨름을 하면 전적으로 바람을 불어준 사람이 잘못했다고 그러덥디다.
 권씨에게 박씨 얘기를 전해들을 때 마다 그들의 이름을 상상했습니다. 상투적인 말투를 가진 것만 같은 권씨와 고대 국어의 성조를 담아둔 박씨는 어떤 전설을 통해 구전되어 여기까지 온걸까요.
 어제는 제 발로 방파제 위로 올라가는 미친 짓을 했습니다. 혼자요. 어제 여자랑 여기 왔는데요. 글쎄 제가 재밌어서 좋다고 막 그러는 겁니다. 저 재미없거든요. 그래서 그 여자 여기 아래로 밀어 넣었어요.

 그런 소릴 하는 겁니다. 방파제 밑에 떨어지면 아무리 소리 질러도 다른 사람들한테 안들린다구요. 궁금했어요. 안들리데요. 잘됐죠 뭐. 이제 혼자 다닐 수 있잖아요.

 서구 남부민3동은 제가 어릴적에 살았던 동네인데요. 거기 지금은 서류상으론 존재하지 않아요. 게임에서 캐릭터가 죽었다가 부활하면 3초간 무적이 되거든요? 제 고향은 몇 번을 죽었다 살아나는 건지 자꾸 무적이에요. 찾아가면 있는데 없데요. 남부민3동에 살고 싶어서 건의를 넣었더니 나가래요. 없데요.
 여자가 바뀔 때 마다 같이 바다에 가요. 권씨랑 박씨처럼 해운대는 못 가는데요. 갈 때 마다 같은 질문을 해요. 저기 벽 위에 올라가 본적 있냐고요.

 길가의 건물들은 말을 할 줄 안다고 그랬습니다. 엄마는 세살에 돈을 쓰는 법을 알려주셨는데요. 손에 돈을 꼭 쥐고 있으면 안된다고 했어요. 돈을 입에 넣어도 안된다고 했고요. 그렇다고 돈을 숨겨두기만 해도 안된다고 하셨어요. 돈을 잃어버렸어요. 그래도 혼나지 않았습니다. 제게 돈은 그렇게 소중한 존재가 아니게 되었어요.

 -일어나라 했다.
 -몇신데.
 -열한시 십분.

부산의 윤슬

이번 여름은 밤이 너무 더워 잠을 제때 자려고 해도 금방 깨어버리거나 잠에 들 수 없는 날들이 이어진 탓에 나의 부종은 부피를 키워만 갔다.

엄마에게 권씨와 박씨 얘기를 해드렸더니 정말 좋아하셨다.

- 왜 깨벼달라 했노
- 축구
- 썬크림 잘 바르고

2. 어리다는 이유로 가장 많이 뛰어야 되는 자리에서 나는 유희를 느끼지 못한다.

  사람은 모두 자신을 지배해줄 무언갈 찾아야 되는 건가? 그렇지 않고서야 언어로 사고를 하고 그를 기반으로 지식을 쌓는 일에 보람을 느낄 이유가 없지 않은가. 아니다. 사실 교회도 하나의 아젠다이면서 그와 동시에 자유를 보장한다 말하지만 그로 인한 절대적 이득은 누가 갖고 있는 것인가. 더럽다와 동시에 고결한 이유는 뭔데 아무렴 어때 자기가 믿는게 맞고 틀리고를 떠나서 인간은 지배하려는 사람과 당하려는 사람 이렇게 두 가지로 진화해 왔다는 것만 알고 있으면 될 것 같다. 나는 지배하려고 태어나지도 않았는데 지배당하기는 싫기 때문에 쪽족이를 물고 오래오래 살았으면 했는데.

  축구에서 패스는 네가 공을 들고 있을 때 할 수 있는 가장 최선의 선택이다. 팀이 공을 가지고 있어야 된다니까? 그 큰 경기장에서 좆만한 공 하나로 하는 게임인데 그것도 22명에서, 그거 하나 어떻게 해볼라고 뛰어다니는 거라니까? 그럼 갖고 있는게 좋은 거 아니에요? 너 축구 잘해? 잘해도 갖고만 있으면 뭐가 되니? 앞으로 안 가요? 백패스는요? 앞으로 가기 위해 잠시 숨 고르는 거지.

부산의 윤슬

하나의 목적으로 모인 사람들이 다른 생각을 가지고 움직이기 때문에 감독이 필요하고, 감독은 선수들을 하나로 모아야 된다. 상대방을 속여야 하고 치밀하게 나의 의도를 숨겨야 하지만 도달해야 할 목적지는 모두가 알고 있는 상황, 하지만 눈앞의 현란한 드리블은 이 사람의 목적이 골 망을 흔드는 것인지 내 몸을 흔드는 것인지 구분이 되질 않아 쓰러진다.

여름이다. 아저씨들은 안 그래도 안 뛰려고 하는데 여름이면 오죽하겠냐. 내가 여기서 왜 저 사람들의 멋진 패스를 받으려 뛰어다녀야 하는 걸까.

짧은 거리를 전력질주 해도 머리가 아프다. 그게 여름이다. 조기축구도 해 지고 하면 좋잖아.
그럼 조기가 아닌가.

부산의 윤슬

3. 라움 도이터

 10분 휴식, 교체, 겨울에는 이것만큼 힘든게 없다. 가만히 있으면 춥다. 나무그늘 위로 매미소리가 쏟아진다. 올려다본다. 시발 닥치라고 매미새끼들아. 매미들은 찾아내면 조용해진다. 그도 그럴 것이 섹스 하고 싶다고 인터넷에 글 쓰고 다니는 새끼들을 실제로 마주하면 그러겠냐 싶은거지 뭐. 얘네가 이러고 싶어서 저런거겠냐. 에효 불쌍하다.

 쟤들이 있기 때문에 내가 더 낫다고 생각하지. 쟤들이 공손하게 나 보세요 하고 안 울고 알아서 뒤에서 짝짓기하고 그냥 땅바닥 지하에서 기어 다니면서 살다가 뒤지기나 했으면 내가 알았겠냐만은, 덥고 습하고 숨도 못쉬겠는데 쳐 울어재끼니까 걍 발정난 내 모습 같더라고 그래서 더 싫었어. 공이 뭐가 좋다고 안달 나서 달려드는 건지 그냥 그런 회의가 들더라고,

 집에 가는 길에 있는 모든 가로수에서 니새끼들을 찾아냈어. 좀 닥치고 살라고. 그렇게 살면 좋냐고 생각했어. 사람도 아닌데.

 씻고 누웠어. 휴대폰을 하다 보니 세상엔 예쁜 여자가 너무 많더라. 매미 새끼들은 폰도 없으면서 뭘 안다고 발정 나서 울어 대냐.

부산의 윤슬

밤이면 개구리 새끼들이 쳐 운다. 귀뚜라미도. 동물 새끼들은 발정 안나면 죽는 병에 걸린 건가.

얘네 둘은 어디서 우는지 찾으려고 해도 어두워서 잘 안 보인다. 찾으러 나갈 이유도 없고 걍 좀 닥치고 어떻게 좀 알아서 하고 그러면 안될까? 왜 소리 내서 알려야 되는건데? 나도 하고 싶잖아.

자취가 하고 싶다. 나는 이 공간에 대한 이해를 마쳤다. 내게 이 집은 휴식밖에 제공하지 못한다. 이 장소에 들어오는 순간 나의 뇌는 휴식만 도출한다. 자취만 시작하면 섹스도 무언가에 대한 열정도 섹스도. 내 공간이 필요하다 누구에게 방해 받지 않는. 섹스.

해보지 못한 것에 대한 갈망은 나를 급하게 만든다. 부산이 내게 조여 오는 압박은 없었다. 떠나고 싶다고 생각하지도 않았다. 다만 서울엔 걸레가 많다는 소릴 친구에게 들었을 때 처음으로 서울을 가고 싶어졌다.

그러면 당신에게서 나를 찾지 않아도 되니까. 조용히 하면 되니까.
쟤네처럼 비벼대면서 안 울어도 되니까. 그게 좋은거지 뭐

부산의 윤슬

4. 박 씨도 조용하니 용왕의 딸이 맞는 거 같아요.

 방파제 사이로 보이는 얼굴들이 많습니다. 방파제와 인도를 구분지어 놓은 벽 위로 자주 걸어 다녔는데요. 그럴 때 마다 제가 건물이 된 것만 같았습니다. 한 사메타 정도요? 벽과 저를 합쳐봤자 3미터가 조금 될까 말까 한데요 그냥 딱 4미터 정도 된 것만 같았습니다.
 저기 방파제 아래는 세상의 모든 소리는 들리는데 저기서 말하는 소리는 안 들린다면서요? 권 씨의 아내 박 씨의 얼굴도 보인다. 용왕의 딸이 바닷물을 막는 방파제 사이에 끼어있으니 용왕도 어쩌지 못 한 걸까요.

 바람이 불면 저도 떨어짐을 느꼈어요. 저 아래로는 어떠한 충동도 느껴지지 않고 길도 없고 해석 할 만 한 여지도 주지 않을 단신의 공간만이 제공되었습니다. 세상의 모든 귀뚜라미와 개구리와 매미를 방파제에 가두어 두고 싶다고 말했습니다. 아래에 있는 여자들의 얼굴이 구겨지네요.

 증조부가 이곳 부산에 대한 호기심이 없었다면 저는 태어나지도 못했겠죠? 단순 호기심이 있을까요 쫓기듯? 누구에게 물어봐야 되죠? 제가 알아서 생각하면 되죠? 저는 부산에 아무런 감흥을 못 느끼는 것 보니 한국인이 맞는 거 같아요.

부산의 윤슬

5. 제도의 폭력성

 일렁이는 파도를 이기지 못하고 벗어난 빛 방울들이 눈을 따갑게 조여 온다. 등이 따갑고 뒷머리가 젖어 목 뒤가 축축해 기분이 더럽지만 나는 벽 위에서 내려오지 못했다. 이따금 파도가 방파제를 이겼으면 했다. 선크림은 잊지 않았으니 다행이다.

 함께 사메타가 되었던 여자 애가 생각나요. 윤슬을 바라보고 있으면 눈이 녹는다고. 뙤약볕 아래에서 같이 조금 걸었죠. 단백질이 녹는다고 했나 뭐랬나. 과학적 사실에 흥미가 많아 경청하는 편인데 여자가 하는 얘기는 잘 안들어요. 보통 틀리거나 지 입맛대로 기억해서 정확한게 없는 편이거든요. 뭐 어때요? 제가 여자를 그렇게만 생각하게 된 까닭은 저희 어머니와 아버지 때문일 겁니다. 저를 너무 나무라지 마세요. 그렇다고 저희 부모님도 각자의 이유가 있었기에 그렇게 됐겠죠. 어쩌라고요.

 선크림을 처음 발랐던 때가 언제더라. 그땐 축구를 해도 선크림은 굳이? 왜 발라야 돼? 하얀 얼굴을 타고나도 선크림 안바르면 다 타버린다고? 그럼 중세시대 백인들은 왜 안탔어요? 어머니에게 그렇게 물어봤다. 단순한 호기심이었다. 모르는 어머니를 무시하고 싶지 않았다. 나도 모르니까. 지금도 그 이유를 알 순 없지만 어머니에게 그런 질문을 하지 않게 됐다.

 가만히 지켜보던 아버지가 얘기한다. "느그 엄마 여상 나와서 모른다." 당시 나는 초등학생이었으니까 아무래도 그게 웃겼다. 지금 생각해도 웃기려고만 했던 말인 것 같다. "어쩌라고"라는 나의 말버릇도 이때부터였나? 웃기면 그만이라고 생각 한 것도. 나만 좋으면 됐다 싶은 것도. 어쩌라고 웃기잖아. 당사자만 웃기지 않아도 웃기면 웃긴 거고. 다른 여자랑 섹스하고 다녀도 집안에 충실하면 좋은 가장 인거잖아. 안들키면 되잖아. 왜 대놓고 하는데. 이혼? 아니 그것보다 이전인가? 자각 하는 시점, 트리거를 당기면 연사되는 나의 성격 구조의 큰 기둥은 이 지점인가 싶다.

 벽틈 사이로 갯강구가 보인다. 걸음을 옮길 때 마다 어디에 있었던 것인지 벽 주름에서 벽틈으로 몸을 숨긴다. 움직이지 않았으면 거기 있는 줄도 몰랐을 움직임이 나는 싫다. 그냥 벽 주름에 껴서 가만히 좀 있지. 그래 니네가 뭘 알겠냐. 그냥 살겠다고 발버둥 치는 건데.

 - 정떨어져.
 - 벌레 무섭다며? 싫다며? 근데 왜 그래?
 - 네가 더 무서워. 너보다 약하면 다 그렇게 생각할거 같아. 난 약자편이야.

부산의 윤슬

그러니까 한 2년 전, 첫 여자친구와 지하철을 타고가고 있었습니다. 꼬맹이 형제 두 명이 시끄럽게 뛰어다니더군요. 보기 좋았습니다. 어린애를 좋아하니까요. 뒤에 그 둘의 어머니로 보이는 사람은 온화한 웃음을 머금고 그 둘을 천천히 따라가고 있었습니다. 그 둘의 조모로 보이는 여자와 함께요. 5분 정도 뛰어다녔습니다. 한 칸을 넘어 옆 칸 옆옆 칸까지도. 문제는 저희의 맞은편에 앉은 어떤 60대 아저씨가 불편한 기색을 내비치고 있었습니다.

 애들 교육을 어떻게 시키노?
 - 알아서 할게요.

 저는 여자친구에게 아저씨가 맞는 말을 했다고 했습니다. 여자친구는 엥? 왜? 애들 뛰어다니는거 보기 좋잖아 요즘같은 저출산 시대에 애들이 밝게 뛰노는게 어때서? 이러는 겁니다. 그러곤

 - 만약에 애기 아빠가 있거나 마동석이 뛰어다녔으면 저 개저씨가 말이나 했을까?
 - 갑자기 마동석이 왜 나와? 그런 사람이 뛰어다니면 민원 넣겠지.
 - 거 봐 약자라서 저러는 거잖아.

 그 말이 끝나기 무섭게 조모가 앉아있는 아저씨에게 윽박지르며 화를 내기 시작했습니다. 애들 교육을 왜 신

경쓰니부터 알아서 잘하고 있는 자신의 딸을 뭔데 왈가왈부 하냐는 식으로요.

  - 이제 누가 약자야? 앉아 있는 사람한테 저러는데? 못할 말 한 것도 아니고.
  - 애초에 저 개저씨가 애들이랑 여자만 있으니까 저러지.
  - 그게 문제가 아니라 다른 사람들한테 피해 줄 만한 여지를 제공했잖아?
  - 나는 괜찮은데? 뭐가 문제야? 다른 사람들도 괜찮은 거 같고?
  - 우리 옆에 아줌마들이 애들이 뛰 다가 발 밟으면 다칠거 같다고 얘기 했는데, 못 들었어?
  - 그게 뭐? 애기들이 뭘 알겠냐고 좀 참으면 되지.
  - 그러니까 애들 엄마가 잘 못 했잖아. 지하철 탔으면 제어해야지.
  - 애들이 발 밟으면 뭐가 아프다고 그래? 걍 참으면 되지. 우리보다 약자인데.
  - 지하철에서 아저씨도 조용하고 안전하게 갈 권리가 있는데 침해 아니야?
  - 언제부터 지하철이 조용해야 해?
  - 그럼 너 발 마동석이 밟으면 참아?
  - 애들이라서 참는 거라고 방금 말 했잖아? 왜 그래? 너 좀 이상해.

부산의 윤슬

얘기가 끝나기 전에 목적지에 도착을 했는데요. 에스컬레이터를 찾느라 얘기가 지연됐습니다. 그녀는 무릎이 좋지 않아서 계단을 기피했거든요.

- 저번에 벌레 죽인 그때부터 이상했어.
- 그게 갑자기 왜 나와? 나도 애들 좋아하고 뛰어다녀도 상관없는데? 그냥 아저씨가 불쌍해 보여서 그렇게 말했어.
- 그럼 넌 내 편 들지 말고 아저씨 편 들고 아저씨랑 사귀면 되겠다. 헤어지자 걍.
- 뭔 말이야?
- 따라오면 경찰에 신고한다. 꺼져라 걍.

그렇게 헤어졌습니다. 붙잡고 싶었습니다. 스무살이 되기까지 가정 폭력에 시달렸다던 그녀는 예쁘거든요. 돈도 잘 쓰고. 어떻게든 붙잡고 그녀의 생각을 바꿔주고 싶었습니다. 오만했던 걸까요. 헤어졌는데도 사랑하면 어떻게 해야 돼요? 이혼해도 저 좋다는 애비처럼 제가 변한 거예요? 아니면 원래 그런 사람인건가요?

부산의 윤슬

6.

그녀가 삼미터 남짓 되는 자신과 벽을 사메타라고 부르는지 이해하기 시작했다. 때로는 전심으로 내가 1미터도 안되는 사람 같아 구슬퍼지는 밤도 있었지만 그녀 또한 자신이 바람과 함께 반짝이지 않고 싶었다는 사실에 눈이 녹도록 목도하는 날이 이어졌다. 함께 밤을 보낸 다른 모든 이성을 방파제 아래로 밀어 넣었다. 밀어 넣고 싶어 구애했다. 아무리 찾아도 그녀의 얼굴은 보이질 않는다.

부산의 윤슬

이해린

공포 단편소설집 『매미가 울지 않는 여름』, 장르 단편소설집 『육육기담』을 출판했고 황금가지 전자책 앤솔러지 『열린 문으로 그분이 오신다』에 참여했다.
공포 장르 전문 출판 레이블 '괴이 학회' 소속이다. 호러 매거진 《오드 3호》 필진이자 디자이너였다.
서울 사람이지만, 부산에서 북페어 참여 후 애정이 생겨 부산을 오가다 보니 좋은 인연이 많이 생겼다.

묘한 여자

이해린

"아이고. 덥다."
 등에 흐르는 땀 때문에 티셔츠가 달라붙어 찝찝했다. 6월에 부산은 쨍쨍했다. 40권의 책이 든 무거운 캐리어를 들고 서울에서 부산까지 이동했더니 진이 다 빠졌다. 오늘 참가할 북페어는 서면에 있는 문화복합 공간에서 진행했다. 이 북페어는 작년에 참여하고 올해 두 번째로 참가했다. 북페어를 진행한 지 이 년밖에 안 돼서인지 스태프분들은 다들 친절했다. 지방 북페어는 모 아니면 도였다. 북페어 자체가 지방에는 많지 않기에 사람이 많거나 아니면 아예 없었다. 이런 불확실성에도 여행을 좋아하는 나는 정이 가는 지방 북페어는 꼭 참가했다. 더운 여름날 더위를 피하려는 건지 북페어에 사람은 많았으나 구매하는 사람은 많이 없었다. 다들 관심 없는 얼굴로 내 책을 쓱 쳐다봤다. 내 책에 시선을 두길래 설명하려고 해도 도망가 버렸다. 이번 북페어는 망했다고 생각했다.

정오쯤 오픈런하는 사람이 사라지니 사람이 더 없어졌다. 아마 다 점심을 먹으러 갔나 보다. 사람이 아예 사라지면 밥이나 먹을까 하며 두리번댔다. 그러던 중 한 여자와 눈이 딱 마주쳤다. 더운 여름에도 검정 긴 팔, 긴 바지를 입은 여성이었다. 검정 긴 생머리가 에어컨 바람에 흩날렸다. 옷차림도 수수하고 화장기도 없는 얼굴이지만 자꾸 그에게서 시선이 갔다. 그는 눈을 돌려 입구 주변 부스부터 둘러보기 시작했다. 그를 보다가 내 부스에 관광객이 몰려서 그들에게 내 책을 설명했다. 잠시 사람들이 몰려들었던 부스를 정리하다 보니 그는 어느덧 내 곁에 왔다. 그의 팔에는 소설이 몇 권 있었다. 소설만 구매하는 손님이니 여행 에세이를 판매하는 내 부스에는 관심 없겠지 싶었다. 그는 나를 살짝 보더니 고개를 살짝 숙여 인사했다. 나도 "안녕하세요"라고 인사하고 천천히 둘러보라고 했다. 그는 내가 일본에서 쓴 에세이를 천천히 읽었다. 그를 계속 쳐다보면 부담스러울까 봐 안 보는 척했다. 그의 연갈색 눈은 내 책의 글자를 찬찬히 훑는 듯 쉴 새 없이 움직였다. 살짝 올라간 눈매가 도도해 보였다. 특이한 것은 그의 왼쪽 눈 옆에 조그마한 초승달 모양의 흉터가 나 있었다.

"고양이가 책에 많이 등장하네요."
그는 정적을 깨고 입을 뗐다.
"맞아요. 제가 일본 소도시를 돌아다니면서 고양이들을 많이 봐서 고양이들이 좀 많아요."

묘한 여자

"고양이 좋아하세요?"

"네. 저는 강아지보다 고양이가 좋아요. 도도하고 행동이 엉뚱하잖아요."

"음…. 모든 고양이가 그렇진 않아요."

그는 이 말을 하고 웃었다. 살짝 벌어진 입에서 날카로운 송곳니가 보였다. 남들보다 치아가 날카로웠다.

"저 이 책 구매할게요."

그는 내게 책 한 권을 건넸다. 그가 읽고 있던 일본 소도시를 담은 에세이였다. 고양이를 좋아하나. 그는 꾸깃꾸깃한 현금을 줬다.

"요즘 젊은 분들은 현금 안 들고 다니시던데."

"네?"

그는 시끄러워서 못 들었다고 했다. 아니라며 손사래를 쳤다. 감사하다며 재밌게 읽어주라고 말했다. 그는 책을 받고서는 돌아섰다. 그가 걸을 때마다 블랙 미니원피스 밑으로 가냘픈 다리가 드러났다. 뚜벅뚜벅 구두 소리를 내며 그는 북페어 장소를 벗어났다. 그가 이곳을 벗어날 때까지 빤히 쳐다봤다. 살랑한 걸음걸이가 매력적이었다.

북페어가 끝난 후 오랜만에 정훈 형을 봤다. 정훈 형은 내가 유럽 여행 중 게스트하우스에서 만난 사람이었다. 나는 서울에 살고 정훈 형은 부산에 살지만 둘 다 술을 좋아하고 여행을 좋아하기에 종종 만나 술잔을 기울였다.

묘한 여자

"야. 많이 팔았냐? 마감 시간에 보니까 사람은 많던데."

"오늘 주말이고 여긴 서면이니까 그냥 데이트하거나 가족 여행 온 사람이 많았던 거고. 구경만 하더라고. 다른 북페어에 비교해서 못 팔았어."

"아. 잘 팔았다고 하면 한턱내라고 하려 했는데. 아쉽네."

형의 말에 헛웃음 지으며 바깥에 보이는 밤 광안리를 바라봤다. 우리가 있는 곳은 광안리가 훤히 보이는 횟집이었다. 창을 통해서 보이는 연인들은 손을 잡고 밤바다를 걸었고 몰래 뽀뽀하는 연인들도 보이기도 했다. 강아지와 함께 산책하는 가족들도 보였다. 바다 앞에 사람들은 늘 사랑이 넘치는 것 같았다. 우리는 광어회와 대선 한 병을 시켰다. 서울에서 먹는 광어와 똑같을 텐데 좀 더 탱글탱글한 느낌이었다. 우리는 말 없이 바다를 쳐다보다가 형이 한 마디 꺼냈다.

"너는 요즘 만나는 여자 없냐?"

"없지. 형은?"

"나도 없지. 요즘 다들 어디서 만나냐? 독서 모임, 클라이밍 모임, 등산 모임 다 나갔는데 아무도 없던데."

"그러게."

멀리서 바닷가를 혼자 걷고 있는 여자가 보였다. 검정 원피스를 입은 여성은 바다를 바라본 채 걷고 있다. 아까 봤던 그 여자인가 싶어서 자세히 보니 저 여성은 짧은 머리를 하고 있었다. 꽤 매력적인 사람이었는데 번호

묘한 여자

라도 얻을 걸 후회하고 있었다.
"너 뭘 그렇게 유심히 보냐?"
멍하니 창밖을 쳐다보는 나를 향해 형은 한마디 했다.
"형은 이상형 있어?"
"내 나이에 무슨 이상형이야. 말 잘 통하고 예쁘면 됐지."
"나는 이상형 뚜렷한 편인데."
"뭔데?"
"느낌이 좋은 사람. 또 그 사람만의 아우라가 있어야지."
"아우라는 뭔 아우라야."
형은 소주를 홀짝였다.
"근데 나 오늘 그런 사람을 봤어. 살짝 올라간 눈매가 매력적인데 사뿐사뿐 걷는 게 진짜 고양이 같더라."
"오. 번호는 받았어?"
"아니."
"야. 번호를 얻든 인스타그램 아이디를 따든 다가가야 다음 단계로 넘어가지."
형은 답답하다며 한소리 했다. 나는 형의 말을 들으며 그 여자에게 다가가지 못한 걸 다시 한번 후회했다. 형과 나는 막차 끊기기 전까지 술을 마셨다.

형과 헤어지고 숙소에 들어가 인스타그램에 들어갔다. 내 책을 구매한 독자들이 나를 태그한 인스타그램 스토리를 보며 '좋아요'를 눌렀다. 참여한 북페어의 공식 인

묘한 여자

스타그램 계정에 들어가 그 북페어가 태그된 게시물을 둘러봤다. 혹시나 오늘 본 그녀가 어떤 게시물이라도 올리지 않았을지 싶어서였다. 어떤 게시물에도 그의 흔적은 보이지 않았다. 한숨을 쉬고 천장을 쳐다봤다. 나는 일과 관련된 부분에서는 적극적으로 원하는 바를 이루었다. 여행 에세이 책을 제작하는 것도 평소 여행하는 것을 좋아하고 일기를 매일 쓰기에 금방 만들 수 있었고 사람들에게도 소소하게 인기를 끌었다. 글쓰기 강연을 한다든가 특강을 하는 것도 척척 이뤄졌다. 하지만 사랑을 쟁취하는 것은 늘 어려웠다. 어떤 사람을 좋아한다고 느끼면 그 사람 앞에서는 입이 떨어지지 않았다. 연애를 척척 해내는 친구들처럼 먼저 연락하고 여유롭게 행동하는 것은 내겐 어려운 일이었다.

북페어의 마지막 날인 일요일에는 토요일보다 사람이 적었다. 북페어의 독립출판 제작자들은 멍하니 관객들을 바라볼 뿐이었다. 팔로워가 천 명이 넘는 인기 작가들은 사인하느라 바빴지만, 나는 구매한 책을 찬찬히 바라보며 북페어에서의 시간이 지나길 바랄 뿐이었다. 사람들의 속삭이는 말소리로 조용한 북페어 장에서 또각또각 구두 소리가 났다. 고개를 들어보니 첫날 봤던 그 여자였다. 그는 북페어 참여작가들의 독립출판물을 미니북 형태로 만든 전시를 감상하고 있었다.

그는 어제와 똑같이 검정 원피스를 입고 구두를 신고 있었다. 부스에 메모지로 '잠시 자리 비웁니다. 구매를

묘한 여자

원하실 시 이쪽으로 전화 주세요'라고 쓰고 내 번호를 적었다. 그가 떠나기 전 말을 걸어야 했기에 급한 마음에 글씨를 휘갈겨 썼다. 부스에서 나와 여자의 옆에 섰다.

여자에게는 짠 바닷냄새가 났다. 향긋한 샴푸 냄새가 풍길 것 같은 도시적인 이미지와 달랐지만 상관없었다. 내가 흠흠 소리를 내며 목을 가다듬으니, 여자는 고개를 돌렸다.

"오. 안녕하세요. 또 보네요."

내가 웃으면서 인사하니 그도 웃으며 인사했다.

"오늘도 책 사시려고요?"

"아니요. 오늘은 구경만요. 책을 좋아해서 부산에서 북페어 열리면 웬만하면 양일 다 있는 편이에요."

"아하. 그렇구나."

할 말이 떨어지자 무슨 말을 할지 입만 뻐끔대고 있었다.

"어제 책 잠시 봤는데 재밌더라고요. 작가님 책들 보니까 부산 여행 관련된 에세이도 있던데 부산 자주 오세요."

"네네. 아는 형도 있기도 하고 제가 바다를 좋아해서 자주 와요."

"오. 여행 자주 다니는 게 부럽네요."

"여행 자주 안 다니세요."

"네. 부산을 벗어난 적이 없어요."

그의 말끝이 묘하게 떨렸다. 그는 무슨 사연이 있는 것처럼 바닥만 바라봤다. 이 망해버린 분위기를 어떻게 살려야 할까?

"혹시 오늘 북페어 다 보고 뭐 하세요?"

나는 조심스럽게 그에게 말을 걸었다. 그는 고개를 들더니 눈을 동그랗게 뜨고 나를 올려다봤다. 그 모습이 비에 젖은 고양이 같아서 웃음이 지어졌다.

"뭐 안 해요."

"그러면 저랑 저녁 드실래요? 제가 북페어가 5시쯤 끝나서요. 사람도 없는데 부스 일찍 정리할게요."

"어어. 좋은 데 제가 해지기 전에는 꼭 들어가야 하거든요. 괜찮겠어요?"

해가 지기 전에 들어가야 한다니. 왜인지 물어보고 싶었지만, 그의 표정이 곤란해 보여서 말을 꺼내기 어려웠다.

"네. 그러면 저녁 7시 30분 전에 헤어져요. 혹시 전화번호 주실래요?"

"음. 그쪽 번호 주시면 제가 연락할게요."

저녁 먹는 것은 괜찮은데 연락처 공유는 어려운 걸까? 걸리는 게 많았지만, 그에게 내 전화번호가 쓰여 있는 메모지를 줬다. 그는 내게 살짝 웃으면서 "꼭 전화할게요"라고 말했다.

다시 부스로 돌아오니 그는 북페어장을 벗어났는지 보이지 않았다. 계속 시계를 보며 북페어가 끝나기를 바랐다. 사람이 없는 시간에 정훈 형에게 연락해서 사람이 없고 분위기 좋은 음식점을 찾기도 했다. 북페어가 끝나

묘한 여자

기 10분 전 '051'로 시작하는 번호로 연락이 왔다. 모르는 번호를 안 받는 나였으나 그일까 전화를 받았다.

"여보세요."

"네. 전데요. 끝나고 1층에서 볼까요? 제가 기다리고 있을게요."

역시 그였다. 나는 한창 밝아진 목소리로 대답했다.

"좋아요. 감사해요. 금방 갈게요."

그의 야리야리한 목소리를 들으니, 심장 박동이 빨라지는 느낌이 들었다. 옆 테이블도 부스 정리를 하길래 나도 정리했고 마지막에 찍는 부스 단체 사진도 찍지 않고 여자에게로 향했다. 나오니 일 층에서 그가 손을 흔들고 있었다. 활짝 웃는 여자 뒤로 해가 기울어져 환한 오렌지빛을 내고 있었다. 햇빛에 물든 그가 아름다웠다.

"오래 기다리셨죠. 감사해요. 제가 한턱낼게요."

형이 알려준 루프톱 양식집으로 이동했다. 그리 높은 건물에 위치하지 않아서 부산 시내가 다 보인다고는 할 수 없으나 서면 시내가 다 보였다. 일요일 저녁이라 그런지 거리가 토요일보다 한적해 보였다. 해가 지려는 듯 서쪽을 향하고 있었다. 루프톱 바는 아름다웠지만 후덥지근했다. 여자는 머리를 질끈 묶었다. 그의 얇은 목덜미에는 땀이 송골송골 맺혀 있었다. 원피스 목 부분의 U넥 사이로 움푹 들어간 쇄골이 보였다. 여자는 내가 빤히 쳐다보자 어떤 할 말이 있냐며 물었고 아무것도 아니라고 했다. 나는 알리오 올리오 파스타와 레드 와인 한 잔을 시키고 그는 연어 스테이크를 시켰다.

묘한 여자

"맞다. 아직 저희 이름을 모르네요. 저는 필명은 이고 필이고요. 영어 go와 한자 붓 필을 합쳐서 만든 이름이에요. 본명은 이경표예요. 이름이 어떻게 되시나요?"
"저는 수연이에요. 정수연이요."
"수연 씨요."
그의 이름을 읊조리게 됐다. 그는 내가 이름을 부르니 수줍게 웃었다.
"수연 씨는 태어난 곳도 부산이세요?"
"네. 부산에서 태어나서 부산을 벗어난 적이 없어요."
"하긴 부산 정말 좋지 않아요? 바다도 마음만 먹으면 볼 수 있고요. 저도 집을 따로 구할 여건이 된다면 서울을 떠나서 부산에 한 번 살아보고 싶어요."
"막상 살면 달라지실걸요? 바다도 가끔 봐야 행복하지 계속 보면 별 감흥 없어요. 저만 그런지 모르겠지만. 가끔 우울해질 때는 바다에 풍덩 빠지고 싶다는 생각만 들고요."
수연은 무미건조하게 대답했지만 나는 그의 대답에 화들짝 놀랐다. 처음 본 사람에게 죽고 싶다고 말하다니.
"혹시 요즘 힘든 일이라도 있으세요?"
"음. 힘든 일은 많죠."
이렇게 말하고 수연은 웃어 보였다. 왠지 그 웃음이 씁쓸해 보였다.
"수연 씨는 취미가 뭐예요."
"취미는 딱 두 가지예요. 책 읽는 거랑 바닷가 산책."

"그러게. 책을 엄청나게 좋아하시는 거 같더라고요. 소설책을 잔뜩 샀던데."

"맞아요. 책을 읽으면 다른 사람의 삶을 한 번 더 살아 보는 거 같아서 기분 좋아요. 내 삶에서 벗어나고 싶을 때 책을 펼쳐요."

책을 정말 좋아하는 사람이구나. 수연에게 가장 좋아하는 소설가를 물어보고 내가 좋아하는 소설을 얘기했다. 그는 일본 소설, 중국 소설 등 아시아권 소설을 좋아했고 나는 밀란 쿤데라, 헤밍웨이 등 근현대 서구권 소설을 좋아했다.

"저는 특히나 일본 문학 읽을 때 어순이 비슷해서 그런지 해석이 자연스러워서 좋더라고요. 그리고 배경도 다른 나라에 비교해 비슷해서 이해가 쉽고요."

"저도 일본 문학 좋아하긴 하는데 서구권 문학보다 사건이 아기자기한 느낌이랄까? 저는 SF 소설, 그래픽 노벨을 좋아해서인지 서구권 문학이 좋더라고요. 좀 더 웅장한 느낌이랄까요."

한창 소설 얘기를 꺼내다가 수연에 대해 아는 것이 전혀 없다는 게 떠올랐다.

"수연 씨는 지금 무슨 일 하고 있어요?"

"서는 낮에만 삼시 옷 가게에서 일해요."

"옷 가게라…. 어울려요!"

단벌 신사여도 옷을 깔끔하게 잘 입는 수연에게 어울리는 일이라고 느껴졌다. 그의 나이나 연애경험을 물어볼지 고민하던 중이었다. 햇볕이 점점 더 강해지는 게 느껴졌다. 노을이 지고 있었다. 해가 지기 전 가야 한다는 수연의 말이 떠올랐다.

"수연 씨. 해지기 전에 가야 한다고 하지 않았어요?"
"아 맞다!"

수연은 급히 짐을 챙기더니 자리에서 일어났다.

"경표씨. 잘 먹었어요. 혹시 부산에서 다시 보게 된다면 밥 사드릴게요."

수연은 급하게 고개 숙여 인사했다. 그러던 중 그는 배가 아파졌는지 배를 살짝 쓰다듬었다.

"잠시 화장실만 갔다가 갈게요."
"저기 수연 씨…."

그에게 전화번호라도 물어보고 싶었지만 급하게 수연이 화장실로 뛰어가는 바람에 말을 걸 수가 없었다. 그는 화장실에 쏜살같이 달려가서 문을 잠갔다. 화장실에서 나오면 꼭 전화번호를 물어봐야겠다고 생각하며 기다리고 있었다. 몇 분이 지나고 해가 졌는데도 그녀는 나오지 않았다. 걱정되는 마음에 여자 화장실 앞으로 갔다.

"저기요. 수연 씨. 괜찮아요?"

노크하며 말했다. 화장실 안에는 아무 소리도 나지 않았다. 노크를 또 한 번 하였다. 안에서 툭툭하며 화장실 문을 긁는 소리가 났다.

"수연 씨예요?"
"…야옹."
"고양이?"

묘한 여자

고양이 울음소리가 더 커지기 시작했다. 고양이의 구슬픈 소리에 얼른 꺼내줘야겠다는 생각이 들었다. 화장실 손잡이를 격하게 돌렸다. 화장실 문은 열리기는커녕 꿈쩍도 하지 않았다. 덜커덩덜커덩 소리만 식당을 채울 뿐이었다. 주인은 급하게 내 쪽으로 뛰어왔다.

"무슨 일 있으세요?"

"사실 제 지인이 화장실에 들어갔는데 몇 분이 지나도 안 나와서요."

"저기요. 안에 누구 계세요?"

주인은 화장실 문을 노크하며 말했다. 아무 소리도 나지 않았다. 고양이 울음소리도 안 났다.

"혹시나 쓰러진 걸 수도 있으니까 여는 게 나을 거 같죠?"

"그래야 할 것 같아요. 제가 들어가는 거 똑똑히 봤거든요."

주인은 내 말을 듣고는 카운터에서 열쇠를 가져왔다. 주인은 열쇠로 화장실 문을 열었다. 끼익 소리를 내며 문이 서서히 열리니 안에는 조그마한 검정고양이 한 마리가 있었다. 고양이는 울음소리를 내며 앉아 있었고 그 옆에는 수연 씨가 입었던 검정 원피스랑 구두가 있었다.

"이게 무슨 일이야?"

"아까 제 지인이 입었던 옷인데…."

나는 수연이 입었던 옷을 집었다. 화장실에 조그맣게 난 창은 사람이 나갈 정도로 크지 않기에 수연이 나갈 곳은 없었다. 더군다나 옷을 화장실에 벗어놓고 맨몸으로 나가는 것은 불가능했다. 고양이는 쉴 새 없이 울었다. 이 고양이는 어떻게 들어온 거지.

"제가 식당을 십 년간 운영했는데 이런 일은 처음이네요.

 혹시나 경찰 신고해야 하는 거 아니에요?"

 나도 어안이 벙벙하다고 했다. 고양이는 일어나더니 내 다리를 스쳐 지나갔다. 수연 씨의 옷을 들고 식당을 나갔다. 그에게 연락하고 싶었지만, 연락처도 없기에 어찌할 도리가 없었다. 식당 앞에 도착했을 때 아까 봤던 검정고양이가 기다리고 있었다. 고양이는 내 다리에 얼굴을 비볐다. 고양이의 머리를 만지며 말했다.

"너는 수연 씨 어디 갔는지 아니?"

"…미야오."

 고양이는 내 속을 모르는지 배를 까며 재롱을 부렸다. 귀여운 고양이라며 웃으면서 인사했다. 숙소에 가려 하니 고양이는 발로 내 다리를 긁었다.

"나 숙소 가야 해."

 고양이는 내 말을 들어도 쉬지 않고 다리를 벅벅 긁었다. 할 수 없이 고양이의 등을 긁어줬다. 자세히 보니 고양이의 발바닥에 피가 흥건했다. 아까 문을 긁다가 생긴 상처 같았다.

"어떡해. 병원 가야 하는 거 아니야."

 고양이는 내 마음을 모르는 듯 피 난 발바닥을 핥아댔다.

 나는 핥지 말라 하며 내 가방에 연고라도 있는지 찾아

봤다.

 가방에 없는 것을 보니 숙소에 있는 캐리어에 넣고 온 게 떠올랐다. 이곳에서 숙소가 오 분 거리니 갈지 고민했다. 고양이는 나를 올려다보며 울고 있었다. 하는 수 없이 고양이를 품에 안았다. 호텔 로비에 들어가니 카운터에서 직원이 나를 보며 인사했다. 나는 품속에 있는 고양이를 더 세게 끌어안으며 엘리베이터로 향했다. 고양이는 착하게도 방 안에 들어갈 때까지 울지 않았다.

 방 안에 들어오자 고양이를 품에서 꺼내 바닥에 내려놨다. 고양이는 태연하게 발을 핥고 있었다. 캐리어에서 물티슈와 연고를 가져왔다. 고양이의 발을 물티슈로 닦았다. 고양이가 물거나 할퀴지 않을까 걱정했는데 순하게 내 손길을 받아들였다. 깨끗해진 고양이 발에 연고를 발라줬다.

"아까 chat GPT로 물어봤는데 고양이한테 발라도 된대."

 고양이는 내 말을 알아들은 듯 미야오 소리를 냈다.

"연고는 다 발랐는데 말라야 하니까 다 마를 때까지 기다리고 있어."

 고양이는 내 말을 알아듣는 듯 가만히 앉아 있었다. 눈을 끔뻑끔뻑하는 게 졸린 것 같았다. 나는 화장실에 들어가서 샤워하고 잘 준비했다. 침대 주변으로 준비를 다 하고 나오니 고양이는 곤히 잠들어 있었다.

"오늘 보내주려고 했는데 내일 새벽에 보내줘야겠다."

묘한 여자

고양이의 머리를 쓰다듬었다. 곤히 잠든 고양이의 얼굴을 보니 왼쪽 눈 옆에 초승달 모양의 상처가 나 있었다.
"이 상처 어디서 봤는데 기억이 안 나네."
 나는 고개를 갸우뚱했다. 슬슬 졸음이 몰려왔고 침대에 눕자마자 잠이 몰려왔다.

 바스락 소리가 났다. 눈을 떠니 새벽녘의 푸른 빛이 방으로 들어왔다. 침대 위로 긴 머리를 가진 여성 그림자가 드리웠다. 고개를 돌려보니 어떤 여성의 새하얀 허리가 보였다. 그는 나체상태로 검정 원피스를 입고 있었다. 모르는 여성이 들어온 상황에 당황한 나는 헙 소리를 냈다. 내 소리가 들렸는지 그는 옷을 갈아입다가 말고 뒤돌아봤다. 살짝 열린 창문으로 그의 황갈색 눈동자가 빛났다. 수연 씨였다.
"일어나셨어요?"
 수연은 당황한 듯 목소리가 떨렸다.
"수연 씨가 왜 여기에…."
"말해도 이해 못 할 거예요."
"혹시 어젯밤에 제가 실수하거나 그런 건 아니죠. 어제 제 기억으로는 와인 한 잔만 마신 걸로 아는데…. 수연 씨도 들어가셨고."
 수연은 한숨 쉬었다. 혹시 술에 만취되어 기억이 왜곡된 건 아닌지 걱정됐다.
"지금 하는 말은 믿어도 좋고 안 믿어도 좋아요."

묘한 여자

수연은 숨을 크게 쉬며 목을 가다듬었다.

"저는 사실 밤에는 고양이로 변해요. 어제 경표 씨가 데려왔던 건 고양이가 된 저예요."

"네?"

나는 놀라서 큰 소리를 냈다. 수연은 조용히 하라며 검지를 입술에 갖다 댔다. 내가 입을 손으로 막으니 그는 말을 이어 나갔다.

"저는 전생에 남편을 죽였어요. 남편이 술 먹으면 주먹을 휘둘렀거든요. 남편은 어부였는데 남편이 부두에 묶인 줄을 풀 때 남편을 밀쳐서 죽였어요. 주변에 보는 사람이 없어서 제가 죽인 걸 본 사람들은 없었으나 그때 내가 남편을 죽인 거라는 소문은 마을 내에 퍼졌어요. 저를 보는 사람마다 저주를 퍼부었죠. 결국, 전생의 저는 직업을 구하지 못해 굶어 죽었어요. 혼자 집에서 참혹하게. 그러다가 지옥을 가게 됐고 그곳에서 만난 염라대왕은 제게 평생 천당이 아닌 현세를 살게 했어요."

나는 반응을 어떻게 해야 할지 몰랐다. 어제까지만 멀쩡하던 사람이 이렇게 말도 안 되는 말을 늘어놓는 게 당황스러웠다.

"저도 처음에는 화나고 당황스러웠죠. 당장 천당에 다시 올라가서 염라대왕한테 화내고 싶었지만 죄 있는 사람이라도 죽이면 안 된다는 게 그곳의 규칙이더라고요."

그는 고개를 숙였다.

"지금은 못 믿겠죠. 괜찮아요. 어차피 저희 다시 볼 사이도 아니고. 어제는 연고 발라줘서 고마웠어요. 덕분에 나왔어요."

그의 손은 빨갛게 긁힌 상처가 가득했다.

"죄송해요. 당황스러워서. 근데 왜 하필 고양이가 되신 거예요?"

"남편을 죽일 때 유일하게 본 게 남편 배 주변에서 살던 도둑고양이거든요. 맨날 남편이 잡은 생선을 탐하던 고양이였는데 그날도 남편이 잡은 생선을 노리다가 딱 본 거죠. 저도 염라대왕에게 말을 자세히 안 들어서 모르지만요."

"그렇구나."

모든 상황이 혼란스러웠지만 어찌할 도리가 없었다. 꼬르륵 소리가 났다. 내 배가 아닌 수연 씨 배에서 나는 소리였다.

"수연 씨 배고파요?"

그는 웃으며 고개를 끄덕였다. 나는 주변에 하는 식당을 알아봤다. 아직 새벽이라 연 것은 24시간 횟집밖에 없었다.

"24시간 하는 집이 몇 군데 있긴 한데. 수연 씨는 고양이니까 생선 좋아하시죠? 해운대 주변에 꽤 유명한 24시간 횟집이 있다는데, 가실래요?"

그는 좋다고 하였고 우리는 택시를 불러 해운대로 이동했다. 가까이 다가가니 수연 씨의 몸에는 며칠 동안 안 씻은 듯 진한 냄새가 났다. 창문을 열고 달렸다.

해운대에 도착하니 해가 서서히 동쪽에서 뜨고 있었

다. 바다에서 일출을 한 번도 보지 못했던 나는 신기했고 사진을 찍었다.

"저는 늘 보는 광경인데 신기한가 봐요."

그는 코웃음을 지었고 나는 멋쩍은 듯 목덜미를 살짝 긁었다. 월요일 오전이라서 그런지 우리가 도착한 식당에는 사람이 한 명도 없었다. 그가 먹고 싶다던 광어, 우럭회를 시켰다. 창밖에는 해운대 바다가 우리를 반기듯 쏴 소리를 냈다. 멍하니 바라보니 수연이 한 마디 건넸다.

"경표 씨는 저처럼 다음 생을 산다면 어떤 동물로 태어나고 싶어요. 인간 빼고."

"어…. 저는 바하마 돼지 섬에 사는 돼지요. 사진만 보면 엄청 행복해 보이더라고요."

"아니. 장소는 정하면 안 되고요. 사람도, 동물도 태어나기 전에 자기가 살 곳을 정할 수는 없잖아요."

"음…. 그러게요. 인간 빼고는 생각해 본 적이 없는데."

"사람들은 이게 문제예요. 자기 세상 밖은 관심을 가지지 않아요."

우리가 대화할 동안 빠르게 회가 나왔다.

"밥이나 먹읍시다."

그는 배고팠는지 회가 나오자마자 허겁지겁 먹었다.

"수연 씨. 천천히 먹어요. 제가 안 뺏어 먹어요."

"새벽에 회를 먹은 건 처음인데 빈속에도 맛있네요."

그가 맛있게 먹는 모습을 보니 흐뭇해졌다. 광어회는 쫀쫀하고 달았지만, 그보다 수연 씨가 맛있게 먹는 모습을 보는 게 더 기분 좋았다.

우리는 다 먹고 해변을 산책했다. 해가 온전히 뜨니 개를 데리고 산책하는 사람이 늘어갔다.

"수연 씨는 동물로 살 때가 좋아요? 사람으로 살 때가 좋아요?"

아직 그가 고양이라는 사실을 믿지 않았지만 물었다.

"저는 동물이요. 동물은 자신이 원하면 가족을 떠날 수도 있고 자신의 보금자리도 다시 마련할 수 있어요. 하지만 사람은 어떠한 이유로 가족을 떠나기 어려울 때도 있고 자유를 잃을 때도 많아요. 내가 고양이가 돼서 자유롭게 해변을 걷고 경표 씨를 만날 때 저는 고양이가 돼서 잘 됐다고 느껴요."

그와 산책을 끝낸 후 역으로 돌아갔다. 수연은 자신이 일하는 옷 가게가 서면 근처에 있다고 같이 가자 했다.

"옷 가게는 어떻게 일하게 된 거예요?"

"아. 제가 처음으로 이번 생을 살 때 제가 거지꼴로 돌아다녔어요. 저를 안타깝게 보던 지하철 옷 가게 사장님이 지금 저를 고용하신 사장님이에요. 저한테 알바하는 게 어떻겠냐 하셨고 신분증을 보여주라고 했는데 당연히 저는 신분증이고 이름이고 없었죠. 그때 사장님이 통장이 없고 신분증이 없으면 현금으로 주겠다며 일을 시켜줬어요."

"안전하지 않은 세상인데 그런 분 만난 게 신기하네요."

묘한 여자

"저도 신기했는데요. 알고 보니 몇 년 전에 사장님 딸이 서울에서 고독사로 떠났다고 하더라고요. 사장님과 부산에서 싸우고 연을 끊고 따님 혼자 서울에 올라갔는데 그때 이후에 생긴 일이래요."

이 모든 게 믿기지는 않았지만, 고개를 끄덕였다. 그의 머리가 며칠째 안 감은 듯 냄새가 나길래 내가 묵는 호텔에서 샤워하자고 제안했지만 거절했다. 그와 나는 서면역에서 헤어져야 했다. 우리는 지하철에서 내린 뒤 각자 잘 가라며 손을 흔들었다.

"언젠간 또 보겠죠?"

나는 그를 보며 물었다.

"보고 싶으면 내년에 북페어 오세요. 또 보러 올게요."

수연은 웃으며 손을 흔들었다. 그의 모습이 평화로워 보여서 다행이었다.

"잘 지내요. 수연 씨."

나는 웃으며 인사하고는 돌아섰다. 수연은 내가 멀리 떨어져서 안 보일 때까지 쳐다봤다. 이게 꿈인가 싶어 볼을 꼬집었다. 아픈 걸 보아 현실이었다. 호텔에서 짐을 챙기고 사상역으로 가서 서울로 향하는 시외버스를 기다렸다. 10분 후면 나는 버스에 오를 것이고 수연과의 일들은 과거의 일이 될 것이다. 멀리서 고양이 울음소리가 들렸다. 온몸이 검은 고양이 한 마리가 멀리서 나를 관찰하고 있었다. 나는 멍하니 손을 흔들었다. 고양이는 아무 표정이나 행동의 변화 없이 나를 바라보고 있었다. 내가 버스에 탈 때까지 말이다. 나는 버스에 몸을 실었고 그제야 고양이는 자리를 옮겼다. 지금은 낮이라 수연은 아닐 것인데 누구일지 생각하며 서울로 향했다.

묘한 여자

훈재

부산에 살고 있습니다.
책, 영화, 와인, 시츄, 달리기를 좋아합니다.
최근부터 요리하기 시작했습니다. 아직 만든 음식은 참치김치찌개뿐입니다.
언젠가 누군가와 일상에서 소곤소곤 요리를 하며 노동주를 마시고 싶습니다.

나의 그림자였던

훈재

　부산항대교가 눈앞에 보이는 영도에서 대학 선배가 결혼을 하는 날이었다. 능소화가 막 피어오르며 여름의 시작을 알리고 있었다. 나는 이날 선배의 부탁을 받고 축가를 부 르기로 했다. 생애 첫 축가였다. 노래를 잘하는 건 아니었지만 신랑과 신부 양쪽을 모두 알고 있었고, 진심을 담아 노래를 불러줄 수 있는 사람이라고 여겨졌던 것인지 선배는 내게 축가를 부탁했던 것이다. 언질 받은 노래를 두 달 내내 연습했다. 사랑은 혼자 할 수 있는 일을 굳이 둘이 하는 것이라고 했던가. 그 '굳이'는 비효율성을 내포하고 있지만 그럼에도 '굳이' 둘이 사랑을 하는 이유는 무엇일까. 복잡하게 얽히는 생각을 잠시 묻어두고 사랑의 약속을 가득 담은 가사를 반복해서 입 밖으로 꺼냈다. 입 안에서 쉬이 녹지 않는 단어와 문장을 부를 때마다 몇 번이고 가사의 함의를 생각했다. '사랑'이라는 감정이 안 속에서 짙어져 갔다.

나의 그림자였던

많은 이들 앞에서 노래를 부르는 것은 그다지 긴장되는 일이 아니었다. 다만 그녀 앞에서 이 노래를 부른다는 것이 떨렸을 뿐이다. 그녀는 5년간 만났고, 5년 전 헤어졌던 전 연인이었다. "서연후." 고작 이 세 글자를 혼잣말로 오랜만에 불러보았을 뿐인데 심장이 불규칙하게 뛰기 시작했다. 나는 천천히 숨을 골랐다. 사랑의 가약을 맺는 이들에게 단 하나뿐일 '하루', 이 시간을 그녀 때문에 망치지 말자고 다짐하고 다짐했다.

 결혼식장으로 가는 길에 약국에 들러 청심환을 사서 먹었다. 축가 때문에 1시간 반 전에 도착한 식장의 모습은 낯설었다. 무대가 세팅되어 가는 과정, 긴장감이 막 떠오른 신랑과 신부의 얼굴 그리고 축가의 리허설. 나는 오늘 많은 이들 앞에서 그리고 연후가 보는데서 노래를 부른다는 사실을 다시금 체감했다.
 연후는 내가 부르는 노래를 좋아했다. 기교가 없고 담백해서 좋다고 했다. 나는 동전 노래방에서 델리스파이스의 〈고백〉이나 자전거 탄 풍경의 〈너에게 난, 나에게 넌〉 같은 노래를 불렀고, 그녀는 가사의 공백 때마다 "우욷빛깔 이견우" 같은 추임새를 넣으며 자꾸만 나를 웃게 만들었다. 나는 그런 시간들이 빙산처럼 녹지 않기를 바랐었다. 아주 긴 유통기한의 통조림 같았으면 좋겠다고 생각했었다. 그러나 거대한 빙산도 결국 녹는다. 소망과는 다르게, 단단했던 얼음이 흐물한 물이 되고 그 물이 증발해 무형의 기체가 되고 마는 것처럼 연후와의

나의 그림자였던

인연도 어느새 형체가 없어지게 되었다. 그리고 5년의 시간이 흘러 무(無)에서 처음으로 둘이 마주하게 될 상황이 만들어진 것이다.

  신랑과 신부 둘 다 인품이 좋고 인간관계가 원만했다는 방증으로 많은 하객들이 줄이어 들어섰다. 식장은 맨 앞의 연단에만 빛을 비추어서 하객석은 그 인파가 가려질 정도로 어둑해졌다. 신랑이 힘찬 걸음으로 입장했고 곧이어 신부가 아버지의 팔짱을 낀 채 하얀 웨딩드레스를 살랑이며 입장했다. 정해진 순서에 따라 내가 잠깐의 스포트라이트를 받을 차례가 되었다. 사회자의 안내에 따라 무대로 나왔다. 목을 가다듬고 신랑과 신부를 바라보며 마이크를 쥐었다. 무대의 맨 앞에 있었기에 자리에 앉은 하객들의 실루엣을 당당히 훔쳐볼 수 있었다. 그리고 희미한 형체 속에 분명 연후가 있었다. 반경 10m 안으로 그녀가 있었다. 나는 단번에 알 수 있었다. 우리가 함께였던 5년, 작은 것만으로도 서로를 확인할 수 있는 사이가 되었으니까.

  연후를 처음 만난 건 대학에서였다. 나는 강원도 산지에서 군 생활을 마치고 바다가 반겨주는 부산으로 막 돌아온 참이었고, 연후는 3년의 감옥 같던 고등학교 생활을 마치고 수능에서 막 벗어난 참이었다. 같은 학과 선후배이자 복학생과 신입생, 다소 클리셰 같은 설정으로 시작된 만남이었다. 부산의 2월은 강원도보다 훨씬 따뜻했다. 남자의 땀 냄새에서 벗어나 향긋한 캠퍼스 생활

나의 그림자였던

을 시작할 생각에 마음이 몽글해졌다.

  신입생을 처음 맞이하는 오리엔테이션 날, 파란 하늘에서 내려오는 겨울의 햇빛은 모두를 반기듯 포근하기까지 했다. 나는 얇은 검정 패딩을 입고 법학과 과 동아리의 임원 자격으로 종합 강의실에서 새내기들을 맞았다. 신입생들과는 고작 네 살 차이밖에 나지 않았지만, 내 눈에는 고등학생이 초등학생을 바라보듯 그들이 앳되어 보였다. 더벅머리 소년들과 화장이 뜬 소녀들 사이에서 나는 부지런히 학과 동아리의 하얀 팸플릿 100장을 날랐다. 흰색종이 맨 위에는 굵직하게 〈문학 산책〉이라고 적혀 있었다. 그때 누군가 말을 걸었다.

  "선배, 문학 동아리면 시도 쓰나요?"

  "응."

  바쁜 손은 팸플릿을 든 채 다른 이에게 향하고 있었고, 그 사람에게는 흘긴 눈으로 실루엣만 본 채 짧게 답했다. 그렇게 나와 연후의 첫 대화는 짧고 희미하게 끝났다. 40대 정도로 젊어 보이는 교수님이 검정 목폴라 니트에 회색 정장 차림으로 말쑥하게 연단에 올라 열정을 가득 안고 인사말을 시작했다. 학생회 회장과 동아리 회장은 직함이 주는 무게 때문인지 새내기들 앞에서 다소 뻣뻣하게 서있었다. 교수님과 학생회 임원들의 소개 시간이 끝나고 유치원 아이들을 인솔하는 것처럼 선배들이 신입생들을 데리고 캠퍼스 곳곳을 구경시켰다.

  나도 10명 정도로 이루어진 그룹을 이끌고 다녔다. 본관, 교양관, 전공관을 지날 때마다 나는 건물의 그 기능에 대해서만 건조하게 설명했다. 자신을 졸졸 따라다니는 후배들의 얼굴을 제대로 쳐다보지도 못한 채 계속 캠퍼스를 거닐었다. 사실 1학년을 마치자마자 군대에 갔었기에 처음으로 맞이하는 후배들 앞에서 많이 긴장해 있었다. 그래서 얼어붙은 사람처럼 그들을 대했다. 속에 있는 뜨거운 온정은 가려진 채로. 추운 날에 땀이 결로 현상처럼 삐져나왔다. 안과 밖의 온도차로 괴로워하던 때에 낯익은 목소리가 뒤에서 들려왔다.

"선배, 문학 동아리 활동하시면서 설명은 비문학적으로 하시네요."

비수 같은 말이었다. 그런데 이 목소리가 낯설지 않은 건 왜일까. 뒤돌아보았을 때에 뼈 있는 말과는 정반대의, 장난스레 웃고 있는 한 여자의 얼굴이 보였다. 아, 사랑은 이렇게 쉽게 빠지는 건가. 그 순간 알고 있었다. 그녀가 시에 관해 물어봤던 희미했던 실루엣의 여자였다는 것을. 실루엣을 걷어낸 그녀는 약간의 웨이브가 있는 중단발에, 백설처럼 하얗고, 큰 눈은 부드러웠으며, 오른쪽 눈 밑에 눈물 점이 도드라지고, 광대는 적당히 나온, 내게는 도무지 안 좋은 점을 발견할 수 없는 얼굴이었다. 운명이 있다면 이 여자에게 고백할 수밖에 없다는 것도. 남자의 사랑은 꽤 단순하게 시작되는 법이니까.

돌이켜보면 연후가 건네는 직선의 말이 좋았다. 생긋 웃는 미소와 함께 건네지는 그 직선 속에 담겨 있는 다

나의 그림자였던

정한 마음이 좋았다. 그녀 앞에선 왠지 힘껏 애쓰지 않을 수 있었다. 설렘과 편안함이 섞여 있는 느낌. 누군가를 처음 좋아할 때면 설레는 마음은 불편한 마음을 동반했었는데, 어떻게 연후 앞에서는 편안하기까지 한 건지. 그때 나는 그녀와 결혼하는 상상까지 했다. 스물네 살의 설익고 풋풋한 마음이었다. 오리엔테이션 날의 저녁에 이어진 뒤풀이 자리에서 연후의 옆자리에 앉게 되었다. 시끌벅적한 술게임으로 몇 시간이 채워졌다. 나는 소주 두 병 정도는 끄떡 없을 정도였지만 연후는 그렇지 않아 보였다. 연후가 연거푸 게임에 걸려 술을 마시게 되자 내가 흑기사를 자청하고 나섰다. 흑기사로 대신해서 술을 마시게 되면 소원을 들어주어야 하는 규칙 같은 것이 있었다.

"소원을 말해봐! 내게만 말해봐!"

흑기사가 벌칙주를 마시고 난 뒤에 모두가 흥이 나서 전용 BGM을 이구동성 외쳤다. 나는 적당히 취하기도 해서 용기가 생겼던 터인지 쉽게 말할 수 있었다.

"연후야, 〈문학 산책〉에 가입…해 줘."

연후가 살짝 붉어진 얼굴로 말했다.

"감사합니다. 고민해 볼게요."

적당히 선을 그은 연후의 대답 속에는 부정보다 긍정의 기류가 품어있었다. 뒤이어 "뭐야 뭐야"라며 둘 사이를 바람 잡는 추임새들이 나타났지만 개의치 않았다. 다행히 그녀도 그래 보였다.

나의 그림자였던

그 해 3월이 다가왔다. 부산의 겨울은 하얀 눈 한 번 오지 않은 채 끝이 났다. 파카와 코트는 세탁소에 드라이클리닝을 맡겨 놓고 과의 야구 점퍼를 입고 다니는 시기였다. 연후는 소원대로 〈문학 산책〉에 가입했다. 오리엔테이션 날의 흑기사 사건이 없었다 하더라도 연후는 아마 동아리에 가입했을 것이다. 〈문학 산책〉은 시, 소설, 에세이 등 장르를 가리지 않고 이 주에 한 편씩 글을 쓰고, 모여서 합평을 하고, 한 학기에 한 번씩 하동이나 벌교 같은 곳으로 1박 2일 문학 기행을 다녀오는 동아리였다. 6명씩 조를 나눠 한 학기를 함께 활동했고, 나는 연후와 같은 조가 되었다.

나는 소설을 썼고, 그녀는 시를 썼다. 자연스럽게 조 활동을 함께 하면서 우리는 부쩍 가까워졌다. 연후는 나를 곧잘 따르면서 직선처럼 성큼 다가왔다. 존칭만 선배를 붙였을 뿐 동갑내기 친구처럼 날 대했다. 가끔은 "야"라고 불렀다가 내가 째려보면 "호"라고 장난치며 웃었다.

캠퍼스가 그새 연분홍색으로 물들고 있었다. 학기 초답게 대학가는 젊은 사람들로 거리가 가득 메워졌다. 나도 동아리 활동이 끝나면 후배들과 누런 벽지가 발린 허름한 골뱅이 식당에 가서 계란탕이나 골뱅이를 시키며 소맥을 마시곤 했다. 세 번째 동아리 활동을 마치고 난 뒤풀이 자리에서 연후를 따로 불러냈다. 내가 먼저 밖으로 나갔고, 1분 뒤에 연후가 따라나섰다. 미닫이문을 열고 나오는 그녀를 보며 말했다.

나의 그림자였던

"연후야, 우리 학교 캠퍼스에 광안리로 이어지는 개구멍 있는 거 알아?"

"처음 들어봤어요. 어디에 있는 거예요?"

"그러면 소화도 시킬 겸 지금 가볼래?"

연후가 부드럽게 고개를 끄덕였다. 캠퍼스 개구멍을 통해 광안리 해수욕장으로 가는 길에는 미신 같은 것이 있었다. 남녀가 함께 그 길을 걷고 오면 돌아오는 길에 커플이 돼서 온다는 낭만 같은 미신이었다. 설령 실체 없는 허구일지라도 그 이야기를 믿고 싶었다. 그래서 적당한 취기의 도움을 빌려 마침내 용기를 냈던 것이다. 개구멍은 전공관에서 5분 정도 캠퍼스 외곽 쪽으로 걸으면 나왔다. 그곳은 캠퍼스를 요새처럼 둘러싼 나무들 사이에 인위적으로 벌려진 공간이었다. 밤에는 잘 안 보일 길이었다. 내가 앞장서서 개구멍을 빠져나왔고, 연후는 신기하다는 표정을 지으며 뒤이어 나왔다. 눈앞에 작은 바다가 펼쳐졌다. 대학교와 아파트 사이에서 좁게 차 있는 바다는 분명 광안리 해수욕장의 넓은 바다로 이어져 있었다. 밤하늘에는 달이 밝게 빛나고 있었다. 우리는 광안리 바다를 끼고 한참을 걸었다. 달빛이 내어주는 옅은 윤슬을 바라보기도 했다. 광안대교가 지근거리로 다가올 때쯤 연후가 물었다.

"선배는 왜 문학 동아리에 가입했어요?"

나는 작은 헛기침을 한 뒤 답했다.

"그냥 문학을 좋아해서. 어릴 적부터 소설을 많이 읽었거든. 특히 무라카미 하루키의 소설을 좋아해."

나의 그림자였던

연후는 눈을 못 마주치는 내 모습을 귀여워하면서 이야기를 많이 읽는 사람이 왜 본인 이야기는 잘 못하냐고 꼬집었다.

 "좋아하는 사람 앞에서 페르세우스처럼 굳어버리는 건 남들도 다 똑같아."

 좋아하는, 이라고 얼떨결에 말해버렸다. 연후는 그 말을 듣고 고개를 작게 주억거렸다. 잠깐의 침묵을 깨고 연후가 답했다.

 "좋아해요, 나도."

 그리고 뜸을 들이다가 말을 덧붙였다.

 "대신, 날 더 많이 사랑해줘야 해요."

 나는 대답 대신 5cm 사이를 두고 걸었던 미묘한 장벽을 깼다. 연후의 손은 작고 따뜻했다.

 캠퍼스 커플답게 우리는 껌딱지처럼 붙어 다녔다. 둘 다 타지 사람이어서 나는 대학교 후문 근처에서 자취를 했고, 연후는 기숙사 생활을 했다. 그녀는 본가에서 보낸 과일을 일회용 플라스틱 용기에 담아서 내 자취방에 찾아오기도 했다. 자취방은 5평 남짓한 4층 원룸이었고 엘리베이터가 없어서 계단을 이용해야 했다. 때로는 연후가 땀을 비질 흘리며 한 손에는 비닐봉지를 든 채 오기도 했다.

 "견우야, 자취하면 음식 고루 잘 챙겨 먹어야 해. 과일 상하기 전에 꼭 먹어."

 연후는 네 살 더 어렸지만 누나처럼 날 챙겨주었다. 그

나의 그림자였던

녀의 영혼에는 나이테가 몇 줄 더 그인 것만 같았다.

여름날의 어느 한낮이었다. 선풍기가 달그락 소리를 내며 뜨거운 공기를 갈랐고, 밖에서 힘차게 우는 매미 소리가 그 사이를 채웠다. 평화로운 오후였다. 우리는 바닥에 앉아 침대 프레임에 나란히 등을 기대고서 수박을 베어 물었다. 수박씨를 연후의 볼에 붙이는 장난을 하다가 가볍게 뽀뽀를 했다. 그러다 침대 위로 올라가 수박의 과즙이 묻어 있는 채로 입술을 포개고, 달콤함을 목덜미에 묻혔다. 사인이라도 보내듯 연후를 쳐다봤고 그녀는 조용히 고개를 끄덕였다. 그녀가 입고 있던 헐렁한 티셔츠를 조심스럽게 벗겼다. 연후의 새하얀 속살이 늦은 오후의 햇볕을 입고 보기 좋게 노르스름해져 있었다. 적당히 굴곡이 있는 가슴 쪽으로 천천히 얼굴을 갖다 댔다. 연후만의 비누 같은 향기가 느껴졌다. 연후는 여전히 부끄러운 듯 나를 쳐다보지 못했다. 그녀의 양손바닥 위로 깍지를 꼈다. 태양이 작열하는 여름 더위가 방 안에서 우리의 나체를 희미하게 휘감았고, 몸에서는 옅은 땀줄기가 기분 좋게 흘러내렸다.

씻지도 않고 서로를 껴안은 채 낮잠에 들었다. 내가 눈을 떴을 때 연후가 다정하게 내 얼굴을 바라보고 있었다.

"견우야, 내가 왜 시를 좋아하는지 알아?"

"글쎄, 왜 좋아하는데?"

"나태주 시 알지?"

연후는 조용히 목을 가다듬고 나태주 시인의 시 〈풀꽃〉

나의 그림자였던

을 속삭였다.
"사람은 풀꽃처럼 오래 보아야 예쁘고 자세히 보아야 사랑스럽대."
나는 가만히 듣기만 했다.
"소설은 외울 수 없잖아. 시는 주문처럼 외울 수 있거든. 그 짧은 주문들로 위로를 받아. 그래서 시를 좋아해. 특히 보통의 언어들로 짜인 나태주의 시를 늘 여기에 품고 다녀."
연후는 한 손을 자신의 왼쪽 가슴 위로 부드럽게 올렸다. 그녀의 심장을 덮고 있는 피부에는 나무의 옹이 같은 흔적이 남아 있었다. 선천성 심장질환 수술로 인해 생긴 오래전부터의 흉터라고 했다. 연후는 심장이 약했던 탓에 운동과는 거리를 둬야 했고, 어쩌면 그래서 정적인 시와 가까워졌을 것이다. 시는 혼자서, 집에서도 읽고 쓸 수 있으니까. 옹이 너머 나지막이 뛰고 있는 그녀의 심장은 얼굴과는 다른 느낌의 형태를 띨 것 같다고 생각했다. 누구보다 잘 웃고 새하얀 그녀의 얼굴과 달리, 감춰진 그녀의 심장은 울고 있었는지도 모른다. 연후의 밝은 모습 이면에는 아주 어두운 밤이 도사리고 있음을 그녀와 시간을 보내면서 어렴풋이 느끼게 되었다. 큰 수술을 하고 병원 생활을 하며 외롭게 지냈을 어린 소녀가 머릿속에 그려졌다. 공기에는 질소와 산소 말고도 연후의 오래된 슬픔도 함께 부유했다. 한밤의 창가에 내리쬐는 달빛에서 먼지 입자를 볼 수 있듯이, 그녀의 영혼도 먼지 입자처럼 보이는 순간이 있었다. 시는 그녀

나의 그림자였던

의 뚫려 있는 가슴을 메워주고 있는 옹이란 생각이 들었다. 그 옹이는 연후의 칠흑 같은 밤을 덮고 있다. 깜깜하기만 한 연후의 밤하늘에 시는 별로서 존재하는 것일까. 길을 잃은 그녀에게 나침판이 되어줄 수 있는.

"견우야, 그거 알아? 그림자끼리는 포개어져도 더 어두워지지 않는대."

9교시 전공수업이 끝나고 집으로 같이 가는 길, 노을에 그림자가 길게 늘어지는 때였다. 연후의 그림자는 그녀 키의 2배가 될 정도로 롱다리가 되어 있었다. 우리는 땅거미가 되어 서로를 맞대었다. 연후의 말대로 겹쳐진 그림자는 더 짙어지지 않았다. 그리고 나와 그녀의 검은 모습은 그 크기가 꼭 알맞았다. 나의 그림자 역시 롱다리였다. 처음부터 연후가 편하게 느껴졌던 건 그림자끼리 서로를 알아봐서였을 것이다. 내게도 아주 긴 어둠의 터널이 존재했으니까.

나는 엄마가 없었다. 내가 코흘리개 시절에 엄마는 다른 남자와 눈이 맞아 아들을 버리고 떠났다. 어촌 바다에서 아빠는 배를 탔다. 한 번 바다로 나가면 몇 개월간 집을 비웠다. "갔다 올게." 그는 항상 그렇게 말했다. 늘 장화를 신었고 생선 냄새를 풍기며 아들 하나를 홀로 키웠다. 나는 엄마의 영원한 부재와 아빠의 일시적인 부재 속에서 자라났다. 그 시간 동안 사춘기를 지나며 자주 구겨졌고 점점 어두워졌다. 방학이 다가오면 선생님이 아이들에게 물었다. 가족 여행으로 어디를 가냐고. 나는

나의 그림자였던

아무 말도 하지 못했다. 사회는 10대의 나를 더욱더 고독하게 격리시켰다. 그래서일까. 소설 속 이야기들이 어린 내게는 유일한 탈출구였다.

집의 적막이 우울을 잡아먹었기 때문에 나는 도서관에서 오랜 시간을 보냈다. 고전 문학부터 손에 잡히는 소설을 마구잡이로 읽었다. 소설을 읽는 행위는 잡생각을 쫓아버리는 행위에 가까웠다. 그러다가 무라카미 하루키의 소설을 만나게 되었다. 처음 접한 그의 작품은 〈상실의 시대〉였다. 10대의 소년과 소녀에게 심긴 방황의 씨앗 그리고 서로 얽히면서 어긋나는 우정과 사랑. 흔들리는 우정과 사랑 사이에서, 갈등의 소용돌이에서 자신만의 삶을 살아내는 주인공 '와타나베'를 보면서 묘한 쾌감이 일었다. 그 이후 읽었던 매 권의 소설 속 주인공들을 통해 세상을 살아 가보고 싶단 생각이 들었다. 다양한 사람을 만나고 새로운 감정들을 깨쳐가며, 내 소설의 주인공이 되어 이야기의 결말을 직접 서술해야겠다고. 아마 내게는 소설이 옹이였을 테다.

시가 연후에게 그런 존재이듯이. 우리는 서로의 옹이가 연결고리가 되어 대학의 문학 동아리에서 만나게 된 것이다.

누군가는 일생을 사는 동안 자신의 그림자 따위가 어떻게 생겼는지 그 검은 형체가 얼마나 긴지 생각조차 하지 않고 살아가겠지만 우리는 달랐다. 출구를 막아놨을지라도 그것은 여전히 우리 안에 존재했고 어둠은 그림

나의 그림자였던

자로 삐져나왔다. 나와 연후는 그림자를 볼 수 있는 눈이 있었다. 너와 나의 그림자가 그 채도와 형태가 꼭 알맞아서, 혼자 오롯이 안았던 그림자 한 개를 두 사람이서 나눌 수 있었다. 우리는 서로를 안전하게 침범할 수 있었고, 무거운 진실을 덜 수 있었다.

나는 큐피드가 실제로 존재한다고 생각했다. 사랑의 화살은 제일 예쁜 사람과 잘생긴 사람에게로 날아가는 것이 아니라 가장 어울리는 상대에게 향하는 것이라고. 연후의 큐피드는 아주 적확한 과녁에 화살을 맞춘 것이라고. 연후는 나의 그림자였다. 사라지지 않고 오랜 영원 동안 그녀가 내 곁에 있을 거라고, 그때의 나는 시간과 마음을 의심하지 않았다.

전주가 흘러나왔다. 많은 사람들이 어둠 속에서 조그만 빛을 흔들었다. 나는 하나의 작은 빛을 바라봤다. 연후의 실루엣이었다. 영원을 약속하는 거짓말 같은 노래를 부르는 동안 신부의 눈가가 그렁해지다 눈물이 뚝뚝 흘렀다.

내 조리개는 순백의 여인을 훑고 지나가 어둠의 여인에게로 초점이 맞춰졌다. 일 절과 이 절 사이의 간주가 흘렀다. 노래가 끝나고 나면 연후에게 눈 맞출 기회가 평생 없을 수도 있다. 어둠에 눈이 점차 익어 그녀의 모습이 조금씩 선명해지기 시작했다. 눈 앞의 해상도만큼이나 헤어질 무렵의 모습들도 선명히 떠올랐다.

나의 그림자였던

목이 늘어난 티셔츠를 입고 집에서 보내는 시간이 많아졌던 우리. 귀찮게 요리하기보다 배달을 시켜 먹기 시작한 우리. 서로의 얼굴을 보지 않고 각자 핸드폰 화면만 바라봤던 우리. 영화 〈봄날은 간다〉에서 "어떻게 사랑이 변하니"라고 말하는 장면을 보고 "변할 수 있지"라는 너의 혼잣말로 싸웠던 우리. 전화 시간이 5분 안으로 점점 짧아졌던 우리. 결국 헤어지자면서 미안하다면서 동네 카페에서 한참을 울었던 너. 마지막으로 널 정류소까지 바래다주고 돌아설 때 눈물이 터져 나왔던 나. 연후의 반경 10m 안에서 내가 느끼는 이 복잡한 감정은 정체가 무엇일까. 소화되지 못한 미련일까. 선을 띠고 색을 입은 현재의 그녀가 완연히 보였다.

젖살이 빠진 그녀의 얼굴은 더 갸름해졌고, 웨이브의 중단발을 고집했던 머리 스타일은 어깨를 덮는 긴 생머리로 변해 있었다. 정말이지 성숙한 여성이었다. 왠지 모를 거리감이 느껴졌다.

그 시절의 연후는 여전히 그녀 안에 남아 있을까.

축가 무대를 끝내고 객석으로 돌아가는 발걸음에 부러 연후가 앉은 테이블로 향했다. 5m, 3m, 1m 그녀의 바로 옆을 지나쳤다. 어둠 속에서도 희미하게 형체를 띠고 있는 연후의 그림자와 나의 그림자가 아주 찰나의 순간에 다시 한 번 맞대어졌다. 나는 옅게 웃었다. 나의 그림자였던, 검은 수호신이었던. 안녕.

나의 그림자였던

민

바다 근처에서 태어나고 자랐습니다.
좋아하는 것들의 일부가 되고자 노력중입니다.

생각과 글과 시와 마음

민

1.

요즘 헬스장에 간다. 헬스장에 가면 귀여운 고양이가 있다. 뻔뻔하고 태평한 덩치 큰 녀석이다. 나는 고양이를 좋아한다. 동생도 그랬다. 길 위에서 본 그들은 모두 위태롭고 약한 존재이면서도 순간순간을 느긋하게 즐기고, 환영받지 못하더라도 스스로를 낮추지 않는다. 하루하루를 살아남는다. 존중할 만한 짐승이다.

2.

여하튼 헬스장에 가게 된 이유 중 하나는 인터넷에서 읽은 글이다. 공부 잘하는 애들이 운동해야되고, 운동 잘하는 애들이 공부해야 된다고. 공부 잘하는 애들은 운동도 효율적으로 하고, 운동 잘하는 애들은 공부도 진득하게 잘한단다. 나는 스스로 육체파보다 두뇌 파라고 생각해서 그 방향으로만 계속 나아갔는데 - 그쪽이 더 재밌기도 했다 - 신선한 시각이었다. 생각해 보면 고대 그리스 철학가들은 대다수가 근육질이었다.

3.

Saudade라는 포르투갈어 단어를 좋아한다.

정의 : 잃어버린 사람, 장소에 대한 그리움.

혹은 더 나아가 어떠한 피상적 개념에 대한 그리움, 결핍.

가진 적 없는 것을 잃어버리는 것은 가능한가?

4.

아래로 더 아래로 굽어살피는 예수의 자세가 보편적인 정서였으면 좋겠다. 하지만 언제 어디든 권력을 우상화하는 이들은 많다.

5.

노래를 부를 수가 없었다. 글은 곧잘 써졌다.

내 글은 언제나 나만을 위한 것이었지만, 내 음악은 어째선지 아니었다.

내가 왜 피아노를 치더라.

언젠가는 위대한 것을 만들고 싶었고, 언젠가는 남들의 인정을 바랐고,

내가 왜 피아노를 치더라.

아무도 나더러 그러라 한 적은 없다.

내가 좋아서 한 거지.

가장 순수한 즐거움, 빙빙 돌아 출발한 곳으로…

나 들으라고 음악을 좀 만들고자 한다.

6.

런던에 돌아가고 싶다.

미묘하게 따뜻한 사람들 사이에 담배연기와 매연이 날리고, 햇살이 소중해지는 곳

그곳에서는 내가 나로 사는 데에 더 적은 비용을 지불해도 되지 않을까 하는

그런 선선한 상상을 한다.

7.

간밤 꿈에서 살던 인생을

계속하고 싶다는 생각

새벽의 나는, 이곳에서의 나머지는

기꺼이 놓겠다고,

돌아갈 수만 있다면… 몇 번이고. 하지만

원래 이건 그런 식으로 돌아가는 게임이 아니다.

8.

세상이 엉뚱한 일들로 가득 찼으면 좋겠다. 엉뚱한 사람들로 가득 찼으면 좋겠다. 많은 즐거움이 규칙에서 나오지만, 결국 그 정점은 예상 불가능함에서 온다. 모든 변칙적인 것은 아름답다. 그래서 재즈가 좋다.

9.

물건을 많이 가지는 것을 지양한다. 불필요한 물건의(주로 플라스틱인 경우가 많다.) 생산과 폐기가 환경에 끼치는 악영향도 이유지만, 소유가 곧 비용이자 속박이라고 생각하는 탓도 있다. 많이 가진다는 건 보관할 만한 안정적인 장소가 필요하다는 것이다. 반면 나는 내가 언제든지 새로운 곳으로 떠날 수 있기를 원한다. 그런 욕망은 스스로에게 준 위로의 선물 일 수도 있겠다. 그래도 언젠가는 나를 위한 집을 짓기를 희망한다.

10.

음악이 나를 울게 하고, 그치게 하고, 웃게도 하고…
지옥에서 건져내고, 천국을 맛보게 하는, 절친한 친구이자, 연인이자, 가족이라면
과장 같을 수도 있겠지만, 가끔은 그렇게 느낀다.

11.

분명한 건 나는 그렇게 좋은 사람은 아닐 거라는 거다.

그리고 사람들은 복잡하다.

냉소적이지 않으려고 노력한다. 어느 거장의 말처럼, 그건 아무 데도 도움이 되지 않는다.

그럼에도 이 독은 너무 달콤해서, 나는 가끔 못 이기는 척 못 본 척, 취해든다.

12.

타인이 나를 일부분이나마 이해할 것이라는 기대를 너무 오래전에 버렸다. 반대로 내가 그를 이해할 것이라는 기대도 없다. 사실은 기대하고 상처받는 삶이 부러웠다. 내 삶은 부끄러움으로 가득 차있었기 때문에. 스무 살 대학에 입학했을 때, 나는 기대하지 않았고, 아무에게도 아무것도 보여주지 않았다. 그래도 사람들은 어떤 방식으로든 다른 이의 공포를 느끼기 마련이다. 그때부터 부끄러울 일은 일어나지 않았지만, 수치의 역사는 내 안에서 계속되었다.

다만 그것만이 나의 유일한 동기이자 목적이었기 때문에. 그러고 나서 오래 지나지 않아 혼자가 완전히 안전한 건 아니란 걸 깨달았다.

그리고 그게 나를 무너뜨리기 시작했다.

13.

나에게 너그러워지기까지는 많은 시간과 노력이 들었다. 그럼에도 지나고 나니 기억이 잘 나지 않더라. 사람들 말대로 망각은 축복이자 저주가 맞았다. 적지 않으면 죽을 것 같던 순간들이 분명히 있었다. 스스로를 위해서 적은 시들이 있다.

14. [이상주의자]

내가 이상한 소리를 하나요.

정상은 너무 높은데,

이상은 너무 멀고요, 나를 슬프게 해요.

가까운건 이상하게 너무 싫더라고요.

이상할 자유를 달라.

나 미워하지 마세요.

15. [Alien - Part 1]

뭔가가 가슴에 걸렸다.
영원히 녹지 않을 플라스틱 블록 같았다.

숨을 쉴 때마다 숨이 막혔다.
물밖에서 펄떡이는 물고기처럼.
낯선 행성에서 헐떡이는 외계인처럼.

세상에서 가장 느린 자폭이 시작되었다.
매일매일이 제법 기념할 만 하다.

16.[Alien - Part 2]

햇볕이 나를 찍어누르고…

혼나는 아이처럼 식은땀을 삐질삐질 흘리면서,

아름다움도 폭력이 될 수 있다고,

나는 반쯤 울면서 걷다가 생각했다.

생각과 글과 시와 마음

17. [출산 vs 출생]

여러분 축하합니다.

제가 드디어 아이를 얻었어요.

이제 이걸 나눠드릴건데요,

머리는 경매로 진행하겠습니다.

생각과 글과 시와 마음

오사

부산에 사는 직장인이자 글을 쓰는 사람, 오사입니다. 낮에는 일상에 묶여 지내지만, 밤에는 책을 읽고 글을 쓰며 또 다른 하루를 살아갑니다. 내향적이면서도 사람을 좋아하고, 주목받는 일을 피하려 하면서도 동시에 관심을 바라는 모순적인 마음을 지니고 있습니다.

파도가 없는 바다

오사

대학 번화가 한가운데, 4층짜리 빌라. 먼지가 바닥에 달라붙은 방. 창문을 보았다. 회색빛 벽지, 하얗게 부푼 창문 너머로 편의점 테이블이 보인다. 초록색 소주병과 과자 한 봉지. 남녀가 마주 앉아 있다. 남자는 힘 빠진 손으로 종이컵을 쥔 채 하늘을 보고, 여자는 술잔을 들었다가 내린다. 흐릿한 시야 너머로 어깨가 번갈아 들썩인다. 무슨 말을 하고 있을까. 창틀에 기대 그들의 입술과 몸짓을 따라 했다.

여자가 테이블 아래로 손을 내리고, 입술이 움직였다.
"왜, 이유를 알고 싶은 건데…"
여자의 눈을 따라 남자를 바라봤다. 한숨 섞인 어깨가 내려앉고, 그는 의자에 기댔다. 천천히 움직여 따라 하기 쉬웠다.

파도가 없는 바다

"말을 해줘야 알지…"
남자의 손은 여자에게 닿지 않았다.
"그래야…"
 종이컵에 가려진 입술. 따라 할 수 없는 말. 자동차가 지나가고, 멈췄던 비가 다시 내렸다. 전봇대 불빛이 시야를 물들였다. 남녀의 모습은 초록과 옅은 회색으로 번졌고, 날카로운 잔상으로 남았다. 눈을 비비고 휴대폰으로 시간을 확인했다. 새벽 1시 24분. 창문을 닫고 침대에 앉았다.

 언제부터였을까. 샤워에 온수를 틀지 않거나, 폼클렌징을 칫솔에 짜던 일이 몇 번. 사소한 일상이 비껴난 뒤에서야 내가 고장 났음을 알았다. 창밖으로 자동차 경적, 비명, 고양이 울음이 밀려왔다. 익숙해질 법도 한 소리들인데도 낯설다. 어슴푸레 물든 방. 초침 소리를 듣다 자리에서 일어났다.

 냉장고 문을 여니 주황색 불빛이 얼굴을 덮었다. 소주병을 손에 쥐었다. 차가운 감촉이 전해졌다. 취하기 위해, 잠들기 위해 술병을 들던 며칠째 밤. 하루를 덧붙일 생각이었다. 병마개를 돌리자 초록색 라벨이 소리를 내며 제 몸을 열었다. 한 모금, 그리고 또 한 모금. 몇 번의 목 넘김에도 취기는 쉽게 찾아오지 않았다. 왜 술이 생각나는 걸까.

파도가 없는 바다

이유를 알지 못했기에 까닭 없이 마셨다. 비릿하고 달큰한 알코올 냄새가 입안에 머물렀고 곧 차갑게 식었다.

 아버지가 말했다. 술은 빈속에 마시면 안 된다고. 검은 비닐봉지 안 소주병. 갈색빛이 흐르는 작은 식탁 위, 소주잔과 김치 한 접시. 좁은 집안에는 아버지가 잔을 들고 내리는 소리만 들렸다. 나는 열린 틈 사이에 있었기에 두 눈을 감아도 보였다. 아버지는 마지막 잔을 비우면 비틀거리는 몸짓으로 나를 끌어안았다. 까끌한 수염이 뺨을 스쳤다. 붉게 달아오른 얼굴, 반쯤 풀린 눈. 슬픈 사람—아버지는 술의 힘을 빌려서야 그렇게 웃을 수 있었다.

 목구멍에 하얀 거품이 일었다. 몇 번의 목 넘김 끝에 술병은 바닥에 놓였고, 나는 냉장고로 다시 걸어갔다. 헛도는 손과 발. 쉽게 다가온 만큼 쉽게 멀어지는 것들. 다가온 취기가 떠날까 봐 두려웠다. 다시 술병을 머리 위로 들어 올렸다. 비틀거리는 속은 쓰렸지만 목구멍을 움직였다. 한 모금, 또 한 모금이 넘어가는 동안 속이 울렁였다.

 남은 술을 내려다보다가 싱크대에서 큰 잔을 꺼냈다. 물 자국이 남아 있었지만 신경 쓰지 않았다. 물로 가볍게 헹구고 남은 것들을 부었다.

파도가 없는 바다

찰랑이는 술.

 비워진 술잔은 어디론가 내던져졌고, 소리는 파도 소리에 묻혀 천천히 지워졌다. 지워지는 것들. 그것이 아까워 고개를 푹 숙이고 나니 물에 젖은 옷가지와 한 움큼의 모래가 보였다. 눈동자는 파도로 향했고 이윽고, 나는 눕혀졌다.

 언젠가 바다에 몸을 맡겼던 날. 저녁이라 하기엔 밝고, 아침이라 하기엔 어두운 시간. 발자국은 파도에 지워졌고, 거품 사이로 비치는 푸른빛. 그너머로 검게 물든 바다는 하얗게 빛나지 않았다. 눈을 감아도 들려오는 파도 소리, 쉼 없이 스스로 바다라 외치는 듯했다.

 파도와 함께 눈꺼풀이 밀려왔다. 잠을 자야지. 그래야지. 얼굴을 덮은 물방울이 흩어지고 다시 흩어졌다. 눈을 감지 않아도 밤이 찾아왔다. 이 밤이 지나면, 애써 파도가 그곳으로 데려다줄 거라 믿었다.

파도가 없는 바다

 내리는 비에 짙은 색으로 변한 코트. 혜정의 손을 잡았다. 작은 손가락이 꼼지락 움직였다.
 "그렇게 바다가 좋아?"
 혜정은 물웅덩이를 피하지 않고 물장구를 일으켰다. 바다 산책을 가지 못해 속상한 듯했다. 앞서 걷던 혜정은 씻겠다며 먼저 자취방으로 들어갔다. 담배를 꺼내 골목으로 향했다. 바닥에는 전단지와 담배꽁초가 흩어져 있었다. 고개를 들어 닫혀 있는 창문을 확인하고는 초록색 라이터를 꺼내 담배에 불을 붙였다. 비 내리는 거리에 하얀 연기가 퍼졌다. 전봇대 아래 조명 속 연기, 거미줄 끝에 매달린 빗방울. 맺혀 있었지만 비와 상관없다는 듯 자리에 있었다.

 인스타그램에서 지인들의 소식을 훑다가 금세 흥미를 잃었다. 그러곤 혜정에게 메시지를 보냈다.
 "비 좀 그친 것 같은데… 택시 타고, 바다 보러 갈까?"
 담배를 한 대 다 피울 즈음 답장이 왔다.
 "아니야, 씻을 준비 다 했는걸. 들어올 때 맥주나 사 와줘."
 담배를 한 대 더 피울지 고민하다가 편의점으로 들어갔다. 아르바이트생의 인사에 가볍게 고개를 숙였다. 음료 칸으로 걸어가 맥주 네 캔을 집어 들었다.

파도가 없는 바다

물건을 매대에 올리자 아르바이트생이 무심한 표정으로 바코드를 찍더니 봉투를 매대 앞으로 밀었다. 손이 닿기 싫었던 걸까.

　헤어드라이어 소리가 요란하게 났다. 냉장고에 맥주를 넣고 소파에 앉았다. 혜정은 수건을 머리에 말아 올리고 로션을 바르고 있었다. 잠시의 정적 뒤에 혜정이 말했다.
　"가만 보면 너는 늘 이유를 찾더라."
　선우정아, 감자튀김, 살구 향수, 연분홍 테니스치마. 혜정이 좋아하는 건 쉽게 말할 수 있지만, 대답은 쉽게 나오지 않았다. 혜정은 여전히 대답을 기다리고 있었다. 나는 못 들은 척 맥주를 한 모금 마셨고, 탄산이 목구멍을 스쳐 지나갔다.
　"요즘 잠을 깊게 못 자."
　"왜? 낯설어서?"
　작은 손이 냉장고를 가리켰다.
　"밤에 냉장고 소리가 너무 커. 큰일이라도 난 줄 알고 깼는데, 가만히 듣고 있으니까… 냉장고였어."
　"고장 난 건가… 주인집에 얘기해 볼게."
　혜정은 맥주 캔을 냉장고에 넣고는 침대에 누웠다. 방학이 되면 해가 예쁘게 뜨는 곳을 찾아가자며 이야기를 했다. 풀빌라로 가자며 이곳저곳을 검색하다가, 곧 꾸벅꾸벅 졸더니 잠에 들었다.

파도가 없는 바다

추억이라 부르기엔 슬픈 장면들을 몇 번이나 되새기고서야, 혜정이 자란 방에는 자동차 소리도, 술에 담긴 대화 소리도, 그리고 냉장고 소리도 없었다는 걸 알았다.

파도가 없는 바다

**

 겨울을 앞둔 가을날. 그날에도 나는 바보처럼 혜정과 눈을 마주치지 못했다. 어렵게 만든 자리라는 걸 알았지만 쉽지 않았다. 짧은 안부가 오간 뒤엔 발자국 소리만 길게 남았다. 어색함을 깨려는 듯 혜정이 먼저 입을 열었다.
"바다 보러 갈래요?"

 늦가을의 바닷바람은 생각보다 차가워 뺨이 얼얼해졌다. 주머니 속 손가락이 저릿했지만, 그런 기색을 보이고 싶지 않았다. 엉망이 되는 건 아닐까 걱정했지만, 혜정은 아무렇지 않은 듯 발걸음을 재촉했다. 해안가를 걷다 보니 손을 맞잡은 연인들이 눈에 들어왔다. 혜정도 같은 생각이었을까. 맞닿은 손끝에 낯선 열이 번져왔다. 초록색 펜스가 길게 늘어진 공원을 지날 때, 혜정이 고양이를 발견하고 신난 목소리로 달려갔다. 고양이는 그녀의 다리에 얼굴을 비비며 애정을 보였고, 혜정은 환하게 웃었다. 웃음소리 너머로 파도 부서지는 소리가 묻혀 들렸다.

 한참을 고양이와 놀던 혜정은 몸을 일으켰고, 고양이는 뒤돌아 떠났다. 나는 자리에 서서 혜정을 기다렸다. 어쩌면, 내 차례를 기다리고 있었는지도 모르겠다.

파도가 없는 바다

혜정은 바다에 더 가까이 다가가 물보라가 이는 곳에서 양팔을 벌리고 바람을 맞았다. 나는 모래 위에서 멈춰 섰다. 발끝이 잠겨도 다가가지 못했다. 혜정이 내 손을 잡아끌었고, 나는 못 이기는 척 그녀를 따라 나섰다. 파도가 발목을 스치며 짠내를 남겼다. 얼얼한 감각이 발끝부터 퍼져 올라왔다. 혜정은 모래 위에 내 이름을 쓰더니, 파도가 닿기 전에 사진을 찍었다. 휴대폰 화면 속에는 이름의 절반이 이미 지워진 모래와, 그 위에 겹쳐진 우리의 그림자가 있었다.

"곧 지워지겠네."

 혜정이 웃었다. 그 말이 파도 때문인지, 우리 때문인지는 알 수 없었다.

 혜정은 모래사장 사진과 함께 음식점 링크를 보냈다. 예전부터 가보고 싶었다던 술집이라 했다. 위치가 가까워 십 분도 채 안 돼 그곳에 도착했다. 노란 등불이 걸린 목조 간판. '긴타로'라는 이름의 작은 일본식 선술집이었다.

 문을 열자 구운 간장의 고소한 냄새와 은근한 숯불 향이 한꺼번에 밀려왔다. 안은 넓지 않았지만, 따뜻한 조명과 나무 테이블이 아늑했다. 유리 진열장 안에는 닭꼬치, 삼겹꼬치 같은 꼬치들이 줄지어 있었고, 사장은 숯불 위에서 꼬치를 굽느라 연기를 피워 올리고 있었다. 기름이 떨어질 때마다 치익 소리가 났다.

파도가 없는 바다

자리에 앉자 혜정이 나를 보며 물었다.

"술 마셔도 괜찮아요?"

"응, 오늘은… 뭐 괜찮을 것 같아."

"에이, 선배 술 좋아하는 거 모르는 사람이 없는데… 선배, 사케 먹어본 적 있어요?"

대답 대신 메뉴판을 바라봤다. 여러 음식 사진과 이름들. 혜정은 사케를 가리키며 눈짓을 보냈고, 나는 조용히 고개를 끄덕였다. 그녀가 벨을 눌렀다.

잠시 뒤 아르바이트생이 다가왔다.

"사장님, 저희… 간바레 오토상 한 개만 먼저 주세요. 반은 따뜻하게, 반은 차갑게요. 안주는 조금만 더 고민하고 주문할게요. 아, 데운 거 먼저 부탁드려요."

"네, 알겠습니다."

아르바이트생이 웃으며 돌아섰다. 메뉴판으로 몸을 기울이는 혜정에게서 옅은 살구 향이 났다.

"안주 어떤 거 먹을까요? 그래도 긴타로인데, 꼬치 몇 개 시켜야죠?"

잠시 후 조그만 도쿠리와 두 개의 잔이 놓였다.

"말씀해 주시면 남은 사케도 가져다 드릴게요."

"감사합니다."

나는 어색하게 웃었다. 그제야 내가 웃고 있지 않았다는 걸 깨달았다. 혜정은 따뜻한 사케 잔을 내 앞으로 밀어 주며 말했다.

"몸이 좀 풀릴 거예요."

파도가 없는 바다

그녀는 잔을 기울이며 말을 이었다.

"사실 긴타로에서 아르바이트한 적 있어요. 대학교 들어오자마자였는데, 대학 아르바이트가 나름 로망이었거든요."

그러곤 따뜻한 사케 잔을 가리켰다.

"근데 이거, 사실 전기 포트로 데우는 거 알아요? 처음엔 좀 실망했는데, 생각해 보니 그게 제일 좋은 방법인 것 같아요."

아무 말도 하지 않자 혜정의 목소리가 점점 작아졌다.

"괜히 쓸데없는 얘기했나…"

나는 잔을 들어 한 모금 삼켰다. 따뜻한 사케가 몸을 타고 내려가자, 그제야 긴장이 풀리며 웃음이 나왔다.

혜정의 눈은 하얗고 예뻤다.

파도가 없는 바다

**

고개 너머로 천탁이 보였다. 학과 행사 때 자주 가던 막걸리집. 1학년 때는 참 자주 갔는데… 꺼진 조명 아래, 유리창 너머 테이블 위에 의자들이 거꾸로 올려져 있었다. 주방에는 작은 전구 하나만 켜져 싱크대와 반찬통이 희미하게 드러났다. 유리에 얼굴을 가까이 대자 숨결이 하얗게 맺혔다. 문을 밀어 보았지만 움직이지 않았다. 닫혀 있다는 걸 알면서도 몸을 들이밀 듯 애써 보았다. 금속 손잡이가 손바닥의 열을 천천히 빼 갔다. 유리 위에 김이 퍼졌다가 원을 그리며 걷혔다.

학기가 시작하면 생기던 수많은 술자리는 학기 말이 되자 어디론가 사라졌고, 시끄러웠던 거리는 조용해졌다. 자취방 골목에 남은 사람은 A 선배와 나뿐이었다. 여러 개의 술자리가 있었지만, A 선배와의 술자리는 이상할 만큼 편했다. 자연스럽게 우리는 서로의 자취방에서 술을 마셨고, 선배는 좋아하는 술안주를 찾는 것처럼 늘 행복을 이야기했다. 술에 취한 밤이면 어머니가 보고 싶다고 했다가, 더 취하면 눈물을 한 바가지 쏟아 냈다. 남자가 우는 모습은 당황스러웠지만, 어느 순간부터 누군가를 대신해 흘려 주는 것처럼 보였다.

단풍이 빨갛고 노랗게 번져 갈 무렵, 선배는 커다란 플라스틱 소주병을 들고 내 자취방을 찾아왔다. 새우깡 한 봉지. 우리는 과자를 두고는 벽에 등을 기댔다. 잔을 부딪치지도 않았다. 각자의 속도로 마시고 또 마셨다. 취기가 서서히 올라왔고, 의미 없는 말과 실없는 단어가 몇 번 오갔다. 선배가 잔을 채우며, 말끝이 풀린 목소리로 이야기를 꺼냈다.

"행복이라는 게 말이야… 어쩌면 아무 의미도 없는 건지도 몰라. 행복을 유튜브에서 검색해 보면 말이야, 여러 개의 영상이 나오더라."
나는 말없이 잔을 다시 채웠다.

파도가 없는 바다

"확신에 찬 눈빛으로 어떻게 해야 행복을 찾는지 말하거나, 놓쳐 버린 행복을 자기 고백처럼 말하거나… 다들 그렇게 이야기하더라고."

"뭐… 그렇잖아요. 있다가 없어지면 빈자리가 크게 느껴지는 것처럼. 당연히 있는 건 쉽게 외면하니까."

"행복을 유튜브에서 찾는 나도 한심하지만… 하나님도 참… 언제나 소중해야 할 텐데, 소중할수록 쉽게 잊어버리는 것 같아…"

선배는 진지한 표정을 짓다가도 몇 마디 짓궂은 농을 던지고는 술잔을 다시 채웠다. 그 모습이 우스웠지만 크게 웃을 수 없었다. 잠시 후 선배의 말은 다시 행복으로 향했다.

"달이라는 게 말이야… 다들 동그랗다고 생각하잖아. 왜 그런지 알아?"

나는 창문 밖 하늘에 떠 있는 달을 바라보았다.

"그게 사라지는 모양이라서 그래. 커다랗고 하얀 게 점점 깎여 갈 때, 사람들은 오히려 그 온전한 동그라미를 떠올리거든. 꽃이 아름다운 이유도 그렇고…"

적당한 대답이 떠오르지 않아 나는 아무 말 없이 잔을 채웠다. 취기에 술이 잔에서 넘쳐흘렀다.

"꽃이 아름다운 건…"

술은 바닥으로 쏟아졌고, 나는 자리에서 일어나 휴지를 찾았다.

"그 애 말이야, 참 괜찮지 않냐."

파도가 없는 바다

나는 대답하지 않았다. 누구를 말하는지 알고 있었다.
"웃을 때 볼에 주름이 살짝 잡히는 거… 그게 참 좋더라. 요즘 애들 같지도 않고, 싹싹하고…"

선배의 눈은 번들거렸다. 마냥 술기운 때문만은 아니었다. 목구멍까지 차오른 말이 있었지만 끝내 넘기지 못했다. 선배는 계속해서 말을 이었다. 잔과 잔 사이, 파도처럼 밀려오는 말들, 피어올랐다 사라지는 말들 앞에서 나는 입을 다문 채 앉아 있었다.

"신입생 중에 괜찮은 애들이 많은 것 같아…"

선배는 좋은 사람이었고, 나는 결함이 많은 사람이라는 걸 알고 있었다. 눈앞에 그려지는 선남선녀의 모습을 부정하고 싶지 않았다. 선배가 혜정을 만나 마침내 행복을 찾을 거라고 생각했다. 얼굴이 뜨겁게 달아올랐다. 취기라는 변명조차 감춰 주지 못할 만큼.

"그래도, 고백할 때에는 생화를 선물할 거야…"

듣지 못한 척 술잔을 들어 올리고 어색하게 웃었다.

파도가 없는 바다

**

술을 마셔도 쉽게 취하지 않는 날. 술은 유난히 쓰기만 하다. 노력으로 되지 않는 일들이 있다는 건 언제나 서럽다.

한밤중에 잠에서 깼다. 몸이 무겁지도, 가볍지도 않았다. 그저 어디에도 닿지 않은 기분이었다. 냉장고 앞에 서니 플라스틱 소주병과 유리 반찬통들이 어둠 속에서 희미하게 빛났다. 뚜껑을 열어 한 모금 삼켰지만 청소 약 냄새 같은 알코올이 혀를 스치자 몸이 먼저 거부했다. 반찬통을 열어 김치를 집어 넣었다. 차가운 온도와 함께 시큰한 향이 올라왔다. 소주병을 닫고 이불 속으로 돌아가 보았지만 잠은 다시 허락되지 않았다. 몸을 몇 번 뒤척이다 결국 일어나 냉장고를 또 열었다.

소주를 들이켜도 알코올은 몸속 어딘가를 스치고는 흩어졌다.

겉옷을 걸치고 현관문을 열었다. 알코올 냄새가 문틈으로 흘러나갔다. 문 닫히는 소리가 계단을 타고 울렸다. 걸음은 무거워 금세 숨이 찼고, 나는 난간에 몸을 기대 숨을 골랐다. 아무도 듣지 않기를 바랐지만 발자국 소리는 크게 울렸다. 부끄러웠다. 유리문을 밀고 밖으로 나오니 미지근한 바람이 얼굴을 스쳤다.

파도가 없는 바다

한때 시끄럽던 대학가 거리는 텅 비어 있었다. 밤을 채우던 소리들은 어디로 돌아간 걸까. 익숙한 거리인데 걸어도 걸어도 불빛은 전봇대뿐이었다. 문득 외롭다는 생각이 들었다. 생경한 감정. 언제부터 혼자 걷는 일이 이렇게 외로워졌을까.

주머니를 뒤져 담배를 찾았지만 두고 나온 걸 떠올렸다. 불 꺼진 거리엔 주인 없는 자전거와 이슬을 머금은 벤치, 누군가가 챙겨 놓은 길고양이 밥그릇이 있었다.

나는 취한 걸까, 아니면 슬픈 걸까. 배가 고프면 밥을 먹고, 졸리면 잠을 잔다. 그렇다면 나의 슬픔도 그 정도에서 끝나는 걸까. 나는 그저 그런 사람인가.

기침 몇 번. 집으로 돌아와 의미 없이 화장실로 들어갔다. 뜨거운 물에서 하얀 증기가 조금씩 피어올라 공간을 채웠다. 오래된 거울 가장자리에 검은 곰팡이가 피어 있었다. 옷을 하나씩 벗어 방 안으로 던지고, 그 자리에 가만히 서 있었다. 거울 속에는 희미한 내가 서 있었다. 나는 피곤해 보였다.

담배를 꺼내 물었다. 하얀 김 사이로 하얀 연기가 겹쳐 올랐다.

파도가 없는 바다

**

A 선배는 예전처럼 초인종을 눌렀다. 문을 열자 이마에 땀이 번들거렸다.
"왔어요?"
"응, 덥다."
신발을 가지런히 놓는 선배에게 물 한 잔을 건넸다.
"물 먼저 드세요. 요즘은 어때요?"
"일 많고, 버틴다. 넌? 잠은 좀 자고 있어?"
"가끔요. 어머니 건강은요?"
"괜찮아. 너희 부모님은?"
"그럭저럭요."
"여기서 마실래요?"
선배가 고개를 저었다. 후문 쪽 술집을 가자고 했다.

여름방학이 막 시작되어서 그런지 가게는 한산했다. 선배는 졸업하면 놀러 갈 거라며 몽골 사진을 몇 장 내보였다. 묻고 싶은 걸 삼키고, 고개만 끄덕였다. 병마개가 돌아가고, 잔에 술이 얇게 일렁였다.
"뭐든 이유가 있으면 속이 편하잖아. 근데 어떤 일은 그냥 일어나. 나는 괜찮아, 그러니까—"
선배는 말을 끝내 잇지 못했다. 소주병을 들어 잔을 채웠다
"오늘은 조금 취해도 괜찮겠다."
잔을 부딪쳤다. 반 병이 남았을 때 우리는 하나를 더

시켰다. 두 병을 비워도 정적은 가라앉지 않았고, 선배가 소매를 한 번 쓸었다. 나도 모르게 젓가락을 맞물렸다가 풀었다. 안주는 김이 다 빠졌고, 잔 표면만 얇게 흔들렸다.

"신입생 엠티에 가서 같이 바다 구경하러 갔잖아… 그때 파도의 끝자락에 혜정이 있었지… 나도 연애한다는 얘기 듣고 놀랐어…"
"그렇게 만났으면… 계속일 줄 알았어요."
"글쎄. 뭐… 각자 사정이 있는 거니까."
"선배, 그런 생각 했어요. 영화에서 보면 정해진 운명을 벗어나 사랑을 찾잖아요. 근데 전… 정해진 운명, 아니 각본이어도 좋겠다고 생각했어요."
선배가 씩 웃었다. 잔이 비고 다시 찼다.
"해피엔딩이 아니었던 게… 조금 슬퍼요."
"그래. 그래도 힘들면 힘들다 해. 그래야 버틸 수가 있어."
"오늘은… 괜찮을 것 같아요."
선배가 파전을 집었다가 내려놓았다.
"연락 안 해도… 잘 지낼 거라 믿는 거죠?"
"그래."
"근데 가끔은 믿는다는 말이 이기적인 것 같아요."
선배는 대답 대신 작게 웃음을 보였다.
"어떤 날은 초등학교 동창을 찾아봤어요. 이름이랑 학교만 알면 다 나올 줄 알았는데 없더라고요. 혜정도…

파도가 없는 바다

제가 찾지 않고 그냥 참으면, 잘 지내겠죠?"
 선배는 말없이 잔을 들었다. 잔을 부딪치진 못했다. 누구를 위한 술자리일까. 우리는 술을 마셔야만 살 수 있는 것처럼 말없이 술잔을 채우고 또 비웠다.
"이제 두 시네."
 선배는 손목을 들어 올리며 말했다.

 계산서를 접어 두고 한동안 말이 없었다. 가게 문을 열자 빗소리가 우리를 먼저 맞았다. 처마 끝에서 물줄기가 끊어졌다 이어지고, 골목을 따라 소리가 흘렀다. 고개를 들어 선배를 쳐다보았다. 그는 손을 뻗어 내리는 비를 한 움큼 쥐었다가 놓고 있었.

 먼저 가겠다는 선배의 말에 가만히 고개를 끄덕였다. 내려가는 고개. 방울이 떨어지는 곳에는 웅덩이가 숨을 고르듯 떨렸고, 얕게 담긴 달이 흔들렸다. 잔물결의 마지막 선. 멀리서 밀려온 파도 소리가 낮게 흘렀다.

 나는 한동안 얼굴을 가리고는 비가 그치길 기다렸다.

파도가 없는 바다

정연

흘러가는 시간 속에서 '기억' 과 '관계'에 대해 남겨보고 싶다는 생각이 들어 글을 쓰기 시작했습니다. 소소한 일상을 소중한 조각으로 기록합니다.

어디, 사람

정연

 마감기한이 곧 다가오건만.

 주안은 검색창 속 네모난 세상으로 또 다른 네모를 띄운다. 그 안에 다시 또 다른 네모. 정보의 바다에서 서칭도, 서핑도 하지 못한 채 그저 가만히 떠 있는 중이다. 사흘 전 퇴근길에 마주친 편지 한 통이 여전히 그녀의 머릿속을 떠나지 않는다.

 그날도 그녀는 평소처럼 가방의 무게에 못 이긴 척 어깨를 늘어뜨리고 아이스크림을 문 채 퇴근하는 중이었다. 포장지를 뜯자 하얀 연기가 아이스크림을 감싸며 피어올랐고 이내 바람이 되어 그녀의 볼을 스쳤다. 아이스크림을 먹기에는 다소 선선해진 저녁이었다. 현관 비밀번호를 누르고 집에 들어가기 전, 하얀 봉투가 눈에 들어왔다.

 '우편? 공과금 고지서인가? 이미 다 낸 것 같은데….'

주안은 남은 아이스크림을 털어 넣듯 삼키고 봉투를 열었다.

종이 한 장, 문장 한 줄.

『동백섬 끝, 그 벤치에 다시 앉을 시간이야.』

짧은 문장을 읽는 순간, 그녀의 안쪽 어딘가에서 물결이 일었다. 소리 없이, 그러나 깊고 정확하게. 기억의 해안선에 스며드는 물결이었다.

"이게 다야? 뭐야."

주안은 편지를 내려다보며 이상한 기분을 지울 수 없었다.

단순한 말이 아니었다. 그것은 오래도록 자신이라는 사람의 흔적을 품어온 누군가의 목소리였다. 더 들여다볼수록 숨이 얕아지는 기분이 들어 그녀는 편지를 봉투에 다시 넣어 가방 속에 가뒀다. 그렇게 이틀 동안 그녀는 바쁘게 움직이며 다른 생각으로 덮으려 애썼다. 하지만 기억은 늘 물처럼 작고 집요하게 번져온다.

'동백섬', '벤치', 그리고 누군가의 손글씨. 하루를 덮고 또 하루를 지날수록 그 문장은 조금 더 가까이 밀려왔다. 파도는 피한다고 멈추지 않는다. 삼킬 듯이 밀려올 땐 그 위에 올라타는 수밖에 없다고 그녀는 생각했다.

주안은 한참을 바라보던 컴퓨터 창에서 눈을 뗐다. 잔잔한 화면 위로 겹겹이 밀려오던 생각이 멈췄다. 그녀는 가방에 천천히 손을 넣어 봉투를 꺼냈다. 물에 젖지 않은 종이 한 장이 손끝에 닿았다.

'수신인은....내가 맞고, 발신인은 누구지?'

발신인 한쫜. 그녀의 학창시절 별명이었다.

주안은 곧장 검색창에 발신인 주소를 적어 넣었다. 부산시..해운대구..해운대로...469번길

"....어? 우리 고등학교잖아."

그녀가 다녔던 고등학교는 부산시 해운대구 산 중턱에 있었다. 대부분 부산 학교들이 그렇듯 그곳 역시 꽤 고바위, 가파른 언덕에 있었다. 같은 재단인 두 고등학교가 중간에 있는 하나의 운동장을 공유했고 주안의 학교는 그중 위쪽에 있었다.

정해진 규칙 안에서 최대한 예뻐 보이고 싶은 여고생들이었지만 등교할 때마다 더 볼록튼튼해지는 종아리 알은 숨길 수 없었다. 덕분에 주안과 친구들은 쉬는 시간마다 종아리를 문질러댔다.

'아 참, 그러고 보니 얘네들도 받았나?'

그 순간이었다.

"주안 씨, 오늘은 점심 뭐 먹을래?"

옆자리 다인 씨가 머리 받침대까지 달린 긴 검은 의자를 휘- 반 바퀴 돌리며 물었다.

"아, 저는 오늘 간단하게 먹으려고요.여기 앞 편의점에서 사 올까 싶어요."

주안은 대답하며 점심시간에 예지에게 연락해 볼 생각을 했다.

어디, 사람

"마감기한이 다 돼서 그래? 아니, 센스발휘 다 해놓고서는 왜 또 뒤집으려고 하는 거야? 편집장님이 괜찮다고 했다며? 마음에 들어 하시는 눈치던데."

"앗, 그런 건 아니에요. 오늘 아침을 많이 먹고 와서…. 그리고 기사는 뭔가 제 마음에 쏙 들지가 않네요"

"원래 마감 안에 쳐내는 일이 다 그런 거야. 마음에 들 때까지 쓸 시간만 주어진다면 우리도 할 수 있겠지! 근데 그러기는 사실 불가능하잖아. 그런 거에 괜히 자괴감 느끼지 마. 그렇게 자꾸 마음 쓰면 마음도 닳아."

주안은 속으로 그런 거 아닌데 하고 중얼거렸다.

다인 씨가 몸을 조금 앞으로 기울이더니 비밀을 털어놓듯 얼굴을 모으고 목소리를 낮춰 짐짓 심각하게 말한다.

"그럼 나는 오랜만에 연어 덮밥 먹고 올게. 팀장님 곧 외근 끝내고 들어오실 거 같거든? 물어보시면 김밥 먹으러 갔다고 해줘! 나 진짜 제발 혼자 온전히 연어를 느끼고 싶어."

"네, 팀장님께는 참치김밥 드시러 가셨다고 할게요."

주안도 혹여나 목소리가 파티션을 넘어갈까 싶어 다인 씨를 따라 목소리를 낮췄다.

다인 씨가 자리를 뜨자, 주안은 곧바로 핸드폰을 들어 예지에게 전화를 걸었다.

"예지! 잘 지냈어?"

"응, 잘 지냈지. 근데 우리 연락 안 한 지 일주일밖에

어디, 사람

안 됐단다. 주안아?"

예지의 목소리에는 안부 인사가 새삼스럽다는 기색이 묻어났다.

"아, 그런가? 갑자기 보고싶더라구. 뭐 특별한 일은 없고?"

주안의 목소리에는 알게 모르게 긴장이 묻어났지만 예지는 눈치채지 못한 듯했다.

"응. 나야 뭐 언제나 똑같지. 근데 웬일이야? 보고 싶다는 얘기를 다 하고?"

"에이, 가끔은 이런 말도 좀 해야지. 나도 사람인데."

주안은 웃으며 얼버무렸다. 편지 이야기는 굳이 꺼낼 필요 없을 것 같았다.

그녀 혼자만 알고 있으면 되는 일처럼 느껴졌다.

"하긴, 우리도 안 본 지 벌써 2년 넘었잖아. 다 떨어져 사니깐 참 보기가 힘드네. 예전에 엄마가 친구 안 본 지 4~5년 됐다고 하면 그게 무슨 친구냐고 했는데... 이젠 너무 이해돼."

"너희가 서울 온 게 2년 전이라고? 맞네! 진짜 시간 금방 간다. 그래, 너네가 나 마의 3년 차라고 위로해줄 겸 왔었지."

주안은 그때를 기억하고 있었다.

[라이프스타일/인테리어 전문 매거진 《MODROOM》 에디터 한주안]

어디, 사람

자신의 이름이 적힌 첫 명함을 받았을 때, 그녀는 한참을 만지작거리며 바라보았다. 명함 속 빼곡히 적힌 글자 중 빼고 싶은 글자는 단 하나도 없었다.
 '운이 좋게'로 퉁치기엔 지새운 밤들이 너무 많았지만 그렇다고 전부 자신의 힘이라고 말하기에도 어딘가 민망했다. 지원자가 몰려들어도 좀처럼 문이 열리지 않는 모드룸. 그녀는 졸업 후 6개월 만에 그 안으로 들어섰다. 하지만 삼 년 차에 접어들 무렵, 그녀는 깨달았다. 자신은 그저 똑똑할 뿐이었다는 사실을. 남들이 원하는 스타일을 빨리 알아냈고 능숙하게 흉내 낼 줄 알았다. 애초에 '내 공간'을 갖고 싶어서 시작한 일이었지만 어느 순간부터 그녀는 남들이 원하는 공간만 기록하고 있었다.

 그래서였을까. 매달 쓰는 기사들은 늘 마음에 들지 않았다. 주변에서야 좋다고들 하지만 주안은 항상 어딘가 부족하다고 느꼈다. 그런 마음에 화가 나 수없이 머리를 쓸어넘길 때, 예지와 송윤은 고민도 없이 서울로 올라와 주안의 머리를 쓰다듬어주고 갔다. 서울에서만 먹을 수 있는 새로운 맛집이 끝없이 생기고 있었지만 정작 친구들이 데려간 건 물회집이었다. 속이라도 시원해지라며.
 "맞아. 부산에도 좀 와 이제. 늘 뭔가 떠날 준비만 하더니. 뚝, 떠나서는 오지를 않네."
 "아니 그런 건 아니고…. 사는 게 바빴어. 너도 알잖아!

어디, 사람

아무튼, 이번엔 겸사겸사 진짜 내려갈게! 다음 달은 너무 멀겠지? 그럼 다음 주....아니다, 이번 주 금요일에 일 마치고 내려갈게! 토요일날 만날까?"

"진짜? 난 언제나 환영이지. 그럼 1시에 누리마루? 아니다, 아니다. 우리 오랜만에 다 같이 가는 김에 시작부터 같이 갈래? 맥도날드 쪽 육교에서 만나자! 송윤이한테는 내가 연락할게!"

예지는 베이지색을 닮은 사람이었다. 부드럽지만 단정한 사람. 자극적인 세상의 색들에 묻혀 눈에 띄지는 않지만 그렇기에 고요한 안정감이 더욱 두드러지는 사람. 그런 예지의 들뜬 모습은 주안에게도 무척 오랜만이었다.

'서울살이 몇핸가요~ 따-다-단 서울살이 몇핸가요~'

부산으로 내려가는 기차 안, 주안의 머릿속에는 그 넘버가 끊임없이 맴돌았다. 며칠 전 재관람의 여파였다.

그녀는 지난주에만 극을 세 편이나 달렸다. 궁금했던 소극장 초연 극은 마티네 할인 덕에 챙겼고, 다른 대극장 뮤지컬은 좋아하는 배우가 나오는 날이 전부 매진이리 포기해야 했다. 하지만 전날 우연히 들어가 본-아니, 사실은 126번은 들어가 본-예매 창에서 취소 표가 떴고 그녀는 그 표를 헐레벌떡 주워 챙겼다.

두 극 모두 마음에 든 그녀의 기분은 한껏 들떴다. 들뜬 마음은 단단한 하드보드지가 되어 접힐 줄 몰랐다. 그러나 통장 잔고를 보는 순간, 그 마음은 금세 접혀 구겨질 듯했다. 그래도 재관람 할인받잖아. 주안은 스스로를 그렇게 설득하며 마음을 내버려 두었다.

요즘 그녀에게 위로가 되는 일은 네모난 돈을 네모난 티켓으로 바꾸는 일이었다. 세 편을 몽땅 다 보고 나서야 표정도 마음만큼 펴졌다. 다림질 값이라 여긴다면 그리 나쁘지 않았다. 옷은 다리지 않아도 마음만큼은 다려진 셈이었다.

'그러고 보니 나는 서울살이 몇 해지.'

주안은 달아나는 풍경 사이로 따라온 시간을 세어보았다. 대학교 입학과 함께 올라왔으니 사 년에 오 년을 더해, 어느덧 아홉 해였다.

"저, 외국어고등학교에 합격했어요."

주안이 선택한 길은 벗어남이었다. 제약이 많은 집을 일찍 떠나고 싶어 기숙사가 있는 외고에 가겠다고 선언했다. 부모님과 맺은 계약은 단순했다. 늘 그랬듯 '똑똑한 딸'일 것.

기숙사 생활은 부모님이 닿지 않는 만큼 자유로웠다. 재미도 있었다. 그러나 매일 밤 열두시까지 야간자율학습을 하는 고등학교는 생각보다 자유로웠을 뿐 자유롭게 자유롭지는 못했다. 이 정도 자유라면 나는 더 멀리 가야 한다. 그녀는 그렇게 다짐했다. 그래서 그녀는 더 멀리, 더 눈에 안 띄는 곳으로 갈 계획을 세웠다. 기숙사도 공부를 잘해서 보내준 거라면 이번엔 더 잘해서 서울

어디, 사람

로 가야 한다. 머리가 특별히 비상한 건 아니었지만 적당한 머리에 간절한 노력이 더해지니 나름 원하는 대학에 올 수 있었다.

 개강 첫날, 대학교 정문을 들어서는 순간 주안은 어쩐지 성공한 듯한 기분에 사로잡혔다. 대학 간판이 주는 성취감이 아니라 이제야 비로소 '진짜 나'로 시작한다는 생각 때문이었다. 그 문을 통과한 이후로 주안의 마음속에는 언제나 그 말이 달라붙어 있었다.

 "이제부터 진짜."

 그녀는 진짜로 사느라 바빴다. 연락을 끊은 건 아니었지만 다시 이곳에 발을 디딜 시간은 없었다. 아니, 사실은 애초부터 돌아올 생각이 없었다. 주안에게 부산은 도약하기 위한 발판이었다. 언젠가는 벗어나야만 하는 곳. 결국은 떠나기 위해 견뎌온 시간들이 쌓인 도시였다. 그런데 뜻밖의 편지도, 예지도 마치 그녀가 아무렇지 않은 척 걸어온 길에 작고 정직한 돌을 하나 놓아둔 듯했다. 다시 부산에 와 있으면서도 그 돌에 걸려 넘어질까 봐 주안은 자꾸만 겁이 났다.

 동백역 4번 출구로 나와 3분쯤 걷다 오른쪽으로 꺾자, 크고 긴 하얀 육교가 나타났다. 오래전 누군가와 함께 서 있던 자리였지만 이번엔 주안이 먼저 도착해 있었다.

 잠시 뒤, 남색 카디건을 입은 예지가 시야에 들어왔다.

 "한짠. 나 여기."

어디, 사람

"야 쫜! 뭐야뭐야! 너 살 빠졌어? 너 다이어트해?"

 늘 그렇듯 차분한 얼굴에 낮은 목소리로 손을 흔들며 인사하는 예지 옆에서 뽀얀 얼굴의 송윤이 바람을 타고 나타났다. 육교를 오르며 인사를 나누자 오래 떨어져 있었던 게 맞나 싶을 정도로 익숙한 공기가 셋 사이를 금세 채웠다.

 "해운대에 살지만 동백역 근처는 진짜 오랜만이다. 기억나지? 고등학교 때."

 예지가 중얼거리듯 말했다.

 "산책이란 이름의 행군."

 송윤이 피식 웃었다.

 "맞아. 전교생이 회색 체육복 입고 줄줄이 걸어 나왔잖아. '건강한 몸에 건강한 마음이 깃든다.'라는 교장 선생님 훈화가 꼭 시작이었어."

 주안도 거들듯이 말을 보탰다.

 그 장면이 또렷하게 떠올랐다. 훈화는 늘 같은 결론이었다. 체력이 있어야 공부를 잔뜩 할 수 있으니 귀한 시간 빼지 말고 꼭 걸으라는 것. 매월 마지막 주 금요일 오후 두 시에 시작하는 동백섬 산책은 매일 아침 일곱 시 사십오 분부터 밤 열한 시 오십 분까지 책상에 묶여 있는 학생들에게 허락된 정말 몇 안 되는 자유 시간이었다.

 학년별로 옆줄 색깔만 다른 회색 체육복을 입고 운동화를 질질 끌며 걷던 소란스러운 오후. 누군가는 귀찮다

어디, 사람

며 투덜거렸고, 누군가는 친구와 조용히 이야기를 나누었으며, 또 어떤 누군가는 지나가는 시민들이 눈에 들어오지도 않는 듯 음악을 틀고 춤을 추며 걷기도 했다.

이제는 셋 다 사복을 입고 걷고 있었다. 새삼스러운 일이었다.

"그래서 송윤아, 너는 일할만해? 부산 사람 되니깐 좋아?"

주안의 물음에 송윤은 다문 입술을 안쪽으로 오므려 길쭉하게 만들더니 눈썹에 힘을 주었다.

"쨘. 정확히 말하면 나 원래 부산에서 태어났어! 열 살 때 양산으로 이사해서 그렇지. 그리고 봐봐. 나 고등학교, 대학교 다 부산에서 나왔다? 태어나서 10년도 부산, 고등학교부터 지금 직장까지도 부산! 물론 홈 스윗 홈은 양산이니깐 거기가 조금 더 편한 것도 분명 있지. 근데 내가 눈 떠 있을 때 시간을 보낸 시간은 부산이 훨씬 길다니까? 양산 친구보다 부산 친구가 훨씬 많고!"

숨 한번 돌리고, 또 달린다.

"친구가 다 부산에 있으면? 당연히 부산에서 만나겠지! 그래서 지도에 저장된 부산 맛집은 100개가 넘어가는데, 양산 맛집은...17개쯤 되나? 근데 웃긴 게 뭔지 알아? 부산 친구들은 나보고 '양산에서 왔다'라고 하고 양산 친구들은 나보고 '부산애'라고 해. 웃기지?"

송윤이는 랩처럼 말을 다다다다 쏟아냈다. 주안은 어

어디, 사람

쩌면 저게 진짜 힙합일지도 모른다고 생각했다.

"너는 어떻게 생각하는데?"

예지가 차분히 묻자, 송윤은 고개를 숙이며 말한다.

"나는…. 모르겠어. 그 사이에 걸린 사람 같아."

그때였다. 회색 보도는 어느새 사라지고 발밑이 부드러운 붉은색으로 물들어 있었다. 빨간 우레탄 길. 고무처럼 말랑한 바닥이 반짝이는 초록 사이로 쭉 이어져 있다. 햇살이 나뭇잎 틈 사이로 스며들었다. 붉은 길 위에는 작고 부드러운 빛의 알갱이들이 톡톡 맺혔고 금빛 물방울처럼 시간이 땅 위에 방울져 맺힌 듯했다. 그늘과 빛, 색과 냄새, 우리가 기억하지 못했던 감각들이 맺힌 조각에 반사되어 깨어났다.

주안이 붉은 길 속 작은 전망대를 바라보며 말한다.

"기억나? 여기서 송윤이 맨날 춤췄던 거?"

걸을수록 산들바람이 불었다. 마른 소금 꽃이 공기 속에 피어오르고, 그 향은 혀끝에 닿기도 전에 코 안쪽을 스치며 지나간다.

"당연히 기억나지. 그래서 우리 삼 학년인데도 일 학년보다 더 늦게 도착할 때도 있었잖아. 송윤님께서 콘서트 열어주셔서."

예지가 능청스럽게 말했다.

"아 부끄러워! 얘기하지 마. 왜? 지금도 춰줘? 너네 감당 가능하겠어? 우리 나이에 하면 이제 청춘의 치기로 안 봐줄걸? 그땐 내가 아이돌 버금가는 줄 알았는데! 지

어디, 사람

금 생각해보면 그냥 귀여웠겠다 싶어."

 발이 닿을 때마다 바닥은 작게 출렁이며 세 사람을 받아주었다. 익숙한 듯 낯선 감촉이었다. 걸을수록 땅이 살며시 밀어주는 듯한 기분을 느낀다. 조금 더 안으로, 조금 더 깊은 쪽으로. 빛은 자꾸 자리를 바꿨고 셋의 그림자도 그 틈을 따라 나란히 흔들렸다. 지금 걷고 있는 이 길 위엔 말로는 붙잡히지 않는, 어떤 시간이 흐르고 있었다.

 "송윤아, 그러니깐....니가 귀엽다는 거야?"
 주안이 고개를 갸우뚱하며 물었다.
 "아니, 그런 뜻이 아니잖아! 우리 나이쯤 되니깐 학생은 그냥 다 귀여워 보이잖아!"
 보얀 송윤은 어느새 붉은 길과 같은 색이 되어 달아올라 있었고 세 사람은 정말 간만에, 한참 만에 햇살에 웃음을 흩뿌렸다.

 내리쬐는 햇살에, 감싸는 바람에, 돌고 도는 운동장에, 스피커로 들리는 노래에, 뛰어다니던 복도에, 설치 의도와 다르게 머리카락을 감던 개수대에... 마르지 않을 줄 알았던 웃음을 흩뿌렸던 기억들이 차례로 겹쳐졌다. 비단 그뿐이었을까. 하얀 파도에, 청동 인어에, 삐걱대는 흔들다리에, 동백섬 곳곳에도 그들이 내뱉은 푸르름이 가득 머금어져 있다.

 "그것도 기억난다. 그때도 지금처럼 가을 시작할 때쯤이었던 거 같은데. 예지가 갑자기 파도 소리 듣고 싶다

어디, 사람

고 했었거든."

송윤이 철썩이는 조용한 파도를 바라보더니 말한다.

"아, 기억나. 예지가 우리한테 무언가 하고 싶다고 처음 얘기한 날이지 않아?"

주안이 손뼉을 치며 답한다.

"맞아. 그래서 각자 학원가는 척 야자 째고 해운대 바다에 와서 치킨 한 통 딱! 사 들고 계단에 앉아서 딱! 파도 소리 들으려는데! 옆에 버스킹 하는 오빠들 있었잖아! 얼굴도 잘생겼는데 목소리는 더 잘생겼었어! 원하는 노래도 다 불러주고…. 우리 그때 돈 없어서 대신 가지고 있던 치킨 한 통 기타 케이스 옆에 두고 왔잖아."

"아, 그때 파도 소리는 못 듣고 송윤이 비명 지르는 소리만 듣다 결국 기숙사 왔었지."

주안의 말에 기분이 나쁠 법도 한데 송윤은 아랑곳하지 않고 말을 이어갔다.

"그리고 그것도 있었다? 진짜 너무 더운 날에 바다 보면서 빙수 먹고 싶다고 왔었는데 카페 안에 사람들 죄다 선글라스 끼고 있었잖아! 크크큭. 지금 생각해도 웃겨."

"오, 그날이 그날인가보다. 우리 카페 가는 중에 어떤 사람이 서울말로 '저기요, 혹시 비치볼 사려면 어디로 가야 해요?'라고 물었던 날! 우리 교복 입고 있었는데… 집에 있는 비치볼 가져다드려야 하나 순간 고민했어."

주안은 그때의 장면을 떠올리며 웃음을 터뜨렸다.

캐치볼처럼 송윤과 주안이 말을 주고받는 동안 미소만

어디, 사람

띠고 있던 예지가 말을 꺼낸다.

"나는 그때가 가장 마음에 남아. 기억나? 왜 우리 수능 전 마지막 9월 모의고사 날. 선생님들이 그랬잖아. 삼학년 9월 모의고사는 교육청이 아니라 평가원이 주관하는 거라고. 이게 수능 전에 실력을 가늠해볼 마지막 기회라고. 그 말이 모의고사 당일에도 계속 머릿속에 맴돌았어. 그러니깐 이상하게 긴장되더라. 평소에도 긴장을 좀 하긴 하지만, 그날은 진짜 말도 안 되게 떨렸어."

세 사람은 어느새 누리마루를 지나 나무데크길에 도착했다. 누군가 말을 꺼내지 않아도 자연스럽게 나무가 가지런히 깔린 산책길 계단을 내려갔다. 십 년이 넘도록 오지 않았는데도 몸이 기억하는 길은 여전히 익숙했다.

예지가 다시 말을 이었다.

"국어 시험 시작할 때는 손에서 땀이 엄청 많이 나더라. 컴퓨터 사인펜에 땀이 흘러내릴 정도였었거든. 그러고는 뭐...성적이 안 나와도 알겠더라고. 내가 엄청나게 망쳤다는 걸. 마침 그 날 야자도 여덟 시까지만 했잖아. 그래서 끝나고 여기로 왔었어. 너네가 내 눈치 살피는 것도 느껴졌는데, 그땐 마음이 너무 쪼그라들어서 너네를 배려할 만큼의 공간이 없더라. 그때도 딱 이 벤치에 앉았었던 것 같아"

계단으로 시작하는 나무 데크 산책로를 따라가다 보면 중간중간 나무 벤치가 놓여있다. 보통은 산책로 따라 벤치가 이어지지만 가끔 전망대처럼 옆으로 튀어나와 바

어디, 사람

다를 향해 구석에 외롭게 자리한 벤치도 있었다. 산책로에서 세 번째쯤 마주치는 그 벤치는 그런 곳에 있었다. 잘못 만들어진 건지 앞바다 대신 옆바다를 향해 있고, 워낙 눈에 띄지 않아 그냥 지나치기에 십상이었다. 세 친구는 그 벤치에 꽤 자주 앉아있었다. 가끔은 한명이서, 때론 두명이서, 보통은 오늘처럼 셋이 함께였다.

예지가 벤치를 쓰다듬더니 기억 속 풍경을 꺼내놓았다.
"항상 보던 달맞이 고개의 불빛은 반딧불처럼 선명했는데 그날은 바닷속에 빠진 별처럼 번져 보이더라. 진짜 잘하고 싶었는데. 그게 고등학교의 결실이 아니란 걸 알면서도 안정된 성적으로 자신 있게 시험 치고 싶었는데. 근데 안정은 무슨, 안 좋은 생각들이 계속 날 향해 철썩이고 그런 생각들을 털어놓는 것조차 버거운 날이었어. 그래서 한참을, 진짜 한참을 바다만 봤어. 보이지 않고 소리로만 존재하는 그 밤바다를."
예지의 시선이 두 친구에게 머물다 서서히 출렁다리 쪽으로 흘렀다. 그 흐름을 따라 이야기도 잔잔히 이어졌다.
"그날 너희가 저기 출렁다리 한 번만 건너고 오겠다며 갔다가 들고 온 게 뭔지 기억나? 검은 비닐봉지 속에 든 맥주 맛이 나는 음료였어. 인생이 쓸 땐 쓴 걸 마시자며 웃는데 어이가 없어서 같이 웃어버렸어. 사실은, 뭔가

어디, 사람

좀 그럴듯한 방법으로 위로해줄 줄 알았거든. 아니면 차라리 진짜 맥주라도 구해오든가."

송윤이 예지의 어깨를 툭 치며 손가락으로 입을 가렸다.

"뭐야, 예지 너 그런 생각을 했었어? 은근히 위험한 친구야 정말! 할 수 있었지! 그치만 난 로망이 있었어! 우리가 마시는 첫 맥주는 달콤하길 바랬단 말야."

예지가 어깨가 아닌 눈을 두 번 으쓱했다. 주안은 그들을 바라보며 오랜 시간 친구인 이유가 있다고 생각했다.

"근데 있잖아." 예지가 목소리를 낮췄다.

"내가 진짜 잊지 못하는 건 너희 얼굴이었어. 아무렇지 않은 척 음료를 따서 건네주던 그 순간 땀에 젖은 얼굴을 보고 알았거든. 아, 백사장까지 달려갔다 왔구나, 하고."

"우리가 땀도 흘렸었나. 자세하게 기억해줘서 내가 더 고맙네."

주안이 민망한 듯 고개를 긁적이며 말하자 예지가 잠시 고개를 돌리더니 또렷한 목소리로 이어갔다.

"어떻게 잊겠어. 그때 알았거든. 백사장에 남긴 너희 발자국이 사실은 무너진 내 마음 구석구석을 먼저 살펴준 자국이었단 걸."

잠시 고요가 흘렀다. 그리고 예지가 곧장 말을 이었다.

"나는 그런 기억들로 살아가는 것 같아. 하루하루가 겹겹이 쌓이고, 어떤 건 선택되고 어떤 건 흐려지고 또 새

어디, 사람

롭게 덧칠되기도 하지. 언젠가는 사라질 줄 알았던 기억들이 시간이 지나면 또 다른 의미로 되돌아오기도 하고."

 말끝에서 예지는 바다 쪽을 바라보았다. 파도 소리가 잠시 그녀의 말을 대신했다.

 "그런 반복 속에서 깨달았어. 지워진 듯했던 기억도, 내 의지와 상관없이 덧씌워진 감정들도, 결국은 나를 만든다는 걸. 그 모든 조각이 지금의 나를 여기까지 끌고 온 거야. 그래서 그런가 봐. 나는 이곳을 떠날 수 없는 게 아니라 이곳에 머물러 있어도 늘 새롭게 다시 살아나는 거야. 매번 낯선 마음으로, 익숙한 풍경을 다시 바라보듯이."

 예지의 말을 듣던 송윤이 발끝으로 바닥을 툭 차며 조심스럽게 말했다.

 "근데 기억이라는 게 꼭 좋은 것만은 아니잖아. 가끔은 아주 작은 돌멩이 같아. 별 것 아니어도 발밑에 있으면 자꾸 걸려서 멈칫하게 만들고, 못 본 척 지나쳐도 결국 다시 밟히잖아."

 주안은 송윤의 말을 듣고 한동안 시선을 바닥에 두었다. 발바닥 어딘가에 남아 있던 오래된 감각이 되살아났다. 별것 아닌 듯 굴러다니던 돌멩이가 발을 찌르는 순간 뼛속까지 전해지는 따끔한 통증. 걸음을 멈추고 다리를 주무르던 기억. 분명 아프고 귀찮았다. 그러나 그 순간마다 그녀는 멈춰서 주위를 둘러보았고 놓쳐버렸던

어디, 사람

풍경과 마음을 다시 붙잡을 수 있었다. 생각해보면 그 돌멩이들은 방해가 아니라 신호였다. 걸음을 고르게 하고, 길을 되짚게 하는 작은 신호.

"맞아, 귀찮고 아프긴 하지." 주안이 고개를 들며 말을 이었다.

"근데 그 돌멩이들 덕분에 우리가 멈추고, 돌아보고, 같이 걷게 되잖아. 없었다면 그냥 달리기만 하다가 놓쳤을 것도 많았을 거야."

주안은 문득 바다를 떠올렸다. 발목을 차고 스며드는 파도 역시 차갑고 불쾌하지만 그 감각 덕분에 지금 서 있는 자리를 알 수 있다. 기억도 그와 같았다. 자꾸만 채이고 젖어 드는 순간들. 언제 있었는지조차 모르게 스며들다 흔적도 없이 사라지는 잔향들. 그 사소한 방해와 흩어짐 속에서 그녀는 방향을 바꾸고 곁에 있는 이들을 바라볼 수 있었다. 예지가 바다에 두었던 눈길을 돌렸다. 파도 소리가 바람에 실려 와 세 사람 사이에 오래 머물렀다.

부산역으로 들어가는 에스컬레이터를 타면서 주안은 습관처럼 보던 핸드폰을 가방에 넣었다. 기차를 타기 전 잠시 멈춘 이 시간만큼은 어디에도 연결되지 않은 채로 있고 싶었다. 수학여행처럼 웅성대는 무리 틈에서 그녀는 조금은 느리게 걷고 조금은 천천히 숨을 쉬었다.

방금까지 울리던 소리들은 함께 타지 못했는지 기차 안은 조용했다. 누군가는 책을 펼쳤고 누군가는 이어폰

어디, 사람

을 귀에 꽂았다. 그녀는 기차 좌석에 앉아 가방을 열었다. 며칠 동안 손끝에 남아 있던 하얗고 네모난 편지는 보이지 않았다. 대신 같은 색의 네모난 노트북만이 자리를 차지하고 있었다. 노트북을 꺼내 무릎 위에 올려두고는 창밖으로 잠시 시선을 돌렸다. 주안은 빠르게 스치는 검은 어둠 속에 파도의 흔적을 겹쳐 보며 어딘가로 사라져 버린걸까 잠시 생각했다.

 기차가 살짝 덜컹거리며 다시 움직이기 시작할 때 그녀의 마음속 어딘가가 동시에 덜컹거렸다. 또 다시, 떠나는 길 위에 서 있다. 그녀는 네모난 창을 켜고 새 원고 파일을 열어 천천히 문장을 적어 내려간다.

 '모든 공간은 기억 위에 세워진다.'

 기차는 여전히 앞으로 달리고 있다.

어디, 사람

안영희

편지 에세이 〈나의 동그라미였던,〉을 썼다.
부산에서 태어나서 오랫동안 부산에 살았다.
태어나서 오래 살았다는 이유만으로 설명할 수 없을 만큼 부산을 사랑한다. 부산은 나에게 몇 없는, 사랑만으로 사랑할 수 있는 것이다. 나의 사랑스러운 부산이 오래도록 부산스럽기를 바란다.

가오리와 Am

안영희

 기타를 배운 지 3년이 넘었다. 내가 기타를 배우는 건 대단한 연주를 하고 싶어서도 아니고, 좋아하는 노래가 있어서도 아니다. 그냥, 우리 집에 기타가 있었기 때문이다. 언젠가부터 이고 지고 거처를 옮길 때마다 데리고 다니던 낡은 기타가 그만의 소리를 냈으면 좋겠다는 생각을 문득 했다. 나조차도 생의 갈피를 못 잡아 서러웠던 어느 겨울날, 방 한 구석에 나처럼 처박혀 있는 기타라도 제 소리를 찾아주자는 다짐을 홧김에 해버렸고 그게 내가 기타를 배우는 이유의 전부이다. 그래서 기타를 배우고 있는 지금, 내 기타가 그만의 소리를 찾았냐고 묻는다면? 할 말이 없다.

 기타 실력은 3년이 지난 지금도 그다지 좋아셨다고 생각하지 않지만, 기타를 처음 배울 때와 지금 달라진 게 하나 있다. 기타를 처음 배우기 시작할 때는 G코드 소리를 좋아했다. G코드가 내는 소리는 탁 트인 들판 같아서 그 맑고 시원한 소리를 듣고 있자면 기분은 한껏 싱그러워졌다. 하지만 이제는 G코드보다는 Am코드가 더 내 것 같이 느껴진다. 어쩐지 쓸쓸해지는 Am코드 소리를 들으면 나는 먹구름 가득한 어느 날의 방구석으로 던져진다. 그렇게 내던져진 그 어두운 방에는 아빠가 있다.

아빠는 술을 마신다. 아니, 술이 아빠를 끝없이 삼키는 건지도 모르겠다. 고래 뱃속에 들어간 피노키오처럼 어쩌면 아빠는 술의 뱃속에 들어가서 아직도 빠져나오지 못한 게 아닐까. 아빠는 고래 뱃속에서 자기 좀 구해달라고 내 이름을 외치고 있을지도 모르겠다. 그런 아빠의 외침이 나에게 닿지 못하는 것처럼 내 목소리도 술의 위장까지는 닿지 못하나보다. 아빠는 나와 같은 방에 있으면서도 꼭 다른 곳에 있는 사람 같다. 함께 할수록 아빠의 눈동자는 생기를 잃고 텅 비어간다. 그 텅 빈 공허를 채우기라도 하려는 듯 술을 채운 아빠는 취기가 오를수록 목소리가 커진다. 당신만 아는 어린 시절 얘기를 줄줄 새는 수도꼭지처럼 늘어놓는다. 아빠의 세상은 그 시절에 멈춰있는 걸지도 모른다는 생각을 하면 그 시절에는 존재하지도 않았을 나의 존재가 참 기이하게 느껴져서 퍽 슬퍼진다. 그러다 오늘 만난 동네

가오리와 Am

정육점 사장님이 파채를 서비스로 주지 않았다는 이유로 욕을 거침없이 내뱉다가 갑자기 크게 웃기 시작한다. 취하지 않은 사람은 애쓰지 않아도 공기처럼 느껴지는 취기는 그 속에 있는 사람에게는 놀랍도록 느껴지지 않는 모양이다. 바다에 이미 속해있으면서도 바다에 있는지도 모르고 바다에 가고 싶어 애쓰는 물고기 같은 것일까. 아빠가 마시는 술에는 대체 뭐가 담겨 있길래 저렇게 서슴없이 무례를 배설하게 하는 것일까. 취기에 담겨있는 그를 숨겨주고 싶은 것은 오롯이 나의 몫이다. 애석하게도 나는 당신을 사랑하고 있었고. 언젠가 아쿠아리움에서 본 적 있는 아주 커다란 가오리가 되어 저 허망한, 스스로에 도취한 애처로운 몸짓을 포근히 품어 가려주고 싶다는 생각이 들었다.

그래, 아무래도 가오리라면 가능하지 않을까. 사람들은 가오리의 아가미와 입을 얼굴이라고 제멋대로 착각하고 귀엽다며 그 앞에서 사진을 찍는다. 하지만 그 얼굴 같은 것이 물 속에서 흐물흐물 유영하는 것을 오래 바라보고 있으면 오래전에 흘러가버린 슬픔 같은 것이 느껴졌다. 그런 슬픔을 저도 이해하는 것처럼 슬픈 표정으로, 누구나 슬플 수 있다는 것을 이미 다 아는 표정으로 그렇게. 그런 슬픔을 아는 가오리라면 모든 것을 품어줄 수 있지 않을까.

번쩍, 암흑 속에서 눈을 뜬다. 또 꿈이었다. 요즘 나는 꿈을 자주 꾼다. 그 꿈들에는 늘 아빠가 있다. 꿈에서 깨면 이게 진짜 나에게 있었던 일인지 분간이 잘 되지 않는다. 잠에 들고 싶지 않을 만큼 괴로운데 이것을 악몽이라고 할 수 있나? 이건 나의 현실이기도 한데. 나의 악몽은 현실에서도 꿈에서도 계속 재생되는 백색소음 같은 것인가. 아빠는 내 꿈속에서 끊임없이 무너진다. 여러 방식으로.

 어젯밤 꿈속에서 아빠는 술을 진탕 마시고 들어오는 길에 옆집에서 키우는 강아지를 발로 시원하게 걷어찼다. 집에 돌아온 아빠는 세상 아무 일도 없었다는 듯이 평온하게 잠을 잤다. 눈이 돌아 화를 내며 소리치는 옆집 여자에게 나는 할 수 있을 만큼 고개를 조아렸다. 그저께 꿈속의 아빠는 집에서 동물의 왕국을 보다가 술에 취해 집 앞 도로에 있는 은행나무에 올라갔다. 영락없는 원숭이가 된 아빠를 올려다보며 이러지도 저러지도 못하는 사이 나는 아빠가 떨어뜨린 구린내 나는 질퍽한 은행에 머리를 맞고 잠에서 깼다. 엊그저께 꿈속의 아빠는 비오는 날에는 막걸리를 마셔야 한다며 술을 사러 나갔다. 막걸리를 사서 집에 돌아오는 길에 비에 젖은 돌멩이를 밟고 미끄러진 아빠는 뇌진탕에 걸렸다. 사람들은 바닥에 널브러져있는 아빠 옆을 아무렇지 않게 지나쳐 뚜벅뚜벅 자기네들 갈 길을 걸어갔다.

 꿈속에서 무너지는 건 아빠라고 생각했는데 사실은 끊임없이 무너지는 것은 언제나 나뿐이었다. 나는 어쩌면 아빠가 무너지길 바라는지도 모르겠다. 현실에서 차마

가오리와 Am

이룰 수 없는 꿈이라 꿈에서 무너지는 그를 바라보면서 안도하는지도 모르겠다. 그런 생각까지 흘러가다보면 나는 내가 생각을 할 수 있는 존재라는 것을 혐오하게 된다. 기어코 나를 혐오하게 하는 아빠가 정말, 밉다.

 그러나 내가 그리도 미워하는 그는 나의 모든 시절이었다. 내가 태어나던 겨울날은 눈이 내렸다. 그 날은 대통령 선거가 있는 날이었다. 아빠는 내가 태어나던 그 날 살면서 처음으로 투표를 하지 못했다고 했다. 이러지도 저러지도 못하고 눈이 펑펑 내리는 병원 앞에 쪼그리고 앉아 줄담배를 폈다고 했다. 나는 아빠가 술 취하면 종종 꺼내는 그 이야기를 좋아한다. 누구보다 빨리 투표를 하는 아빠가, 선거 때마다 개표를 기다리며 줄담배를 피우는 아빠가 내가 태어난 날만큼은 온전히 나를 기다렸다는 것이 좋았기 때문이다. 술에 취해 그 날 이야기를 하는 아빠의 표정을 보고 있으면 겨울바람을 맞은 듯이 발갛게 상기된 그의 젊음의 서투름이 느껴진다. 그러면 나는 아직 나의 아빠가 아니었던, 두렵고 설레는 청년의 겨울밤을 그려본다.

 그리고 봄. 5월이 되면 아빠는 어린이날을 피해 한 주 일찍이나 한 주 늦게 초읍에 있는 어린이대공원에 나를 데려갔다. 햇살이 좋은 5월에 아빠와 함께 간 어린이대공원에서 청룡열차나 소방차나 흔들 그네나 어린이

바이킹 같은 것을 타고 나면 내 마음에도 그제야 일렁일렁 봄기운이 차올랐다. 사실 나는 심장이 내 몸 밖으로 나갔다 들어오는 기분이 싫어서 놀이기구를 무서워하는 편이었는데 빙글빙글 도는 놀이기구가 한 바퀴 두 바퀴씩 돌때마다 같은 자리에서 손을 흔들거나 사진을 찍어주는 아빠를 보는 것이 좋았다. 내가 어디든 떠나갔다가 와도 언제든 그 자리에서 나를 반겨줄 것 같았기 때문이다. 어린이대공원에서 아빠는 꼭 하늘자전거를 같이 타줬다. 어린이대공원을 하늘 위에서 크게 한 바퀴 도는 하늘 자전거는 땅과 너무 멀게 느껴져서 무서웠다. 그래도 아빠가 뒤에 따라오고 있다고 생각하면 괜찮았다. 내가 어디에 있어도 아빠가 항상 뒤에서 지켜줄 거라고 믿었던 시절이었다. 놀이기구를 열심히 타고 나면 돗자리에 나란히 앉아 집에서 싸온 김밥을 다 같이 먹었다. 아침에 김밥을 싸면서 먹었으면서도 처음 먹는 사람들처럼 흔들리는 놀이기구를 배경으로 우물우물 맛있게 먹었다. 다른 애들은 팔랑팔랑 날개가 흔들리는 나비라든가, 프로펠러가 빙글빙글 돌아가는 헬리콥터 모양의 장난감을 쑥쑥 밀면서 김밥을 먹는 내 앞을 지나갔다. 나도 그런 장난감을 한번만 밀어봤으면 싶었지만 파란색 팬돌이 음료수나 집어서 쪽쪽 빨고는 삼켰다. 사달라고 떼쓰고 우는 사람을 아빠는 세상에서 제일 싫어한다고 했으니까. 아빠가 세상에서 제일 싫어하는 사람이 되면 더 이상 아빠랑 살 수 없을 테니

가오리와 Am

까. 집으로 돌아가는 길에 우리는 어린이대공원과 이어지는 호수를 둘러 걸었다. 매번 보는 호수였지만 처음 보는 사람들처럼 호수 난간에 기대 물고기들이 밥 먹는 걸 신기하게 바라봤다. 아빠는 물고기를 따라 뻐끔거리며 밥달라는 시늉을 했다. 평소에 툭하면 화내던 아빠와 다른 모습이 친근해서 깔깔거리며 크게 웃었다. 그렇게 집에 돌아오면 이렇게 신나는 5월이 다시 돌아오지 않을까봐 달력을 뒤적여봤다. 뒤적인 달력에는 올해 12월까지밖에 없어서 걱정이 됐다. 너무 좋은 순간의 영원을 바라는 마음을 알아가던 시절이었다.

여름방학이면 아빠는 나를 금정산에 자주 데려갔다. 아마 집에서 별 다르게 할 일이 없어서 선택한 아빠의 최선일지도 모르겠다는 생각은 다 크고 나서야 겨우 드는 것이었고 그 당시에는 산에 가는 것이 너무 싫었다. 집에서 디지몬을 보거나 아니면 놀이터에서 모래놀이를 하거나 계단에서 비눗방울을 부는 게 더 좋았다. 뜨거운 햇살에 잔뜩 찡그린 얼굴로 툴툴대며 아빠를 따라갔었다. 따라가다 보면 여기서 짜증내봐야 나만 손해라는 것을 깨닫게 되는 지점이 생긴다. 그때부터는 그냥 아빠의 신발만 쳐다보면서 걸었다. 어느 날 앞서서 올라가는 아빠가 나무 사이로 불어오는 끈적끈적하고도 선선한 여름 바람 속에서 노래를 부르기 시작했다.

가오리와 Am

푸른 파도를 가르는 흰 돛단배처럼
그대 그리고 나
낙엽 떨어진 그 길을 정답게 걸었던
그대 그리고 나
흰 눈 내리는 겨울을 좋아했던
그대 그리고 나

  아빠와 나, 둘 뿐인 산에서 아빠가 선창을 하면 다른 가사는 모르던 나는 반복되는 '그대 그리고 나' 부분을 불렀다. 그때 아빠는 어떤 그대를 생각하면서 이 노래를 부를까 싶었는데, 그 시절이 한참 지난 지금 이 노래를 들으면 바람에 흔들리던 초록빛의 나무와 그 사이를 나란히 걷던 우리만이 생각날 뿐이다.
  싫든 좋든 아빠와 늘 같은 산을 오르고 내리다보면 항상 그 자리에 있는 커다란 바위가 있었다. 그 바위는 하나이면서도 두 개 같고 어떻게 보면 겹쳐진 두꺼비같이 생긴 바위였다. 아빠는 아래에 큰 바위를 아빠 바위라고 하고 위에 작은 바위를 내 바위라고 했다. 처음에 아빠가 이름을 붙였을 때는 시답지 않았는데 산에 오를 때마다 그 바위들을 언젠가부터 일부러 쳐다보게 되었다. 그러다가 태풍이 불어 바람에 창문이 흔들리는 어느 밤에는 무거운 우리 바위가 혹여나 떠내려가지는 않았을지 아빠와 나란히 누워 쓸데없는 걱정을 나누기도 했다. 안온하게 우리를 지켜줄 지붕 아래 누워 쓸데없

가오리와 Am

는 걱정을 나눌 수 있다는 것이 사랑이라는 것을 어렴풋이 알게 되는 여름날이었다.

 날씨가 좀 선선해진 가을의 주말에 아빠는 사직운동장에 나를 데려갔다. 야구를 보러 가는 것은 아니었고, 우리는 고모를 보러 갔다. 그 무렵 사직동에 있는 병원에 고모가 뇌졸중으로 입원해계셨고 고모 손에 거의 크다시피 한 아빠는 주말마다 병문안을 갔다. 고모와 아빠의 이야기는 아빠의 술주정에 항상 포함되는 이야기였기 때문에 나는 고모가 아빠에게 얼마나 애틋한 존재인지 알 수 있었다. 어린 나를 병원에만 데려가기 미안했는지 아빠는 병원에 가기 전에 사직운동장에서 자전거를 빌려줬다. 티비에서 보는 것처럼 아빠가 자전거 뒤를 잡아주면서 가르쳐주다가 어느 정도 익숙해지면 아빠가 뒤에서 잡아주고 있다는 믿음으로 결국 혼자서 페달을 밟고 씩씩하게 나아가게 되는 이야기는 내 것은 아니었던 것 같다. 아빠는 자전거를 빌려주기만 하고 단풍이 들어가는 나무 아래 벤치에 누워서 캔맥주 한 캔을 마시고는 단잠을 잤다. 나는 혼자 벽에 부딪치고 기둥에 박고 넘어지기를 반복하면서 제법 선선해진 날씨에도 용을 쓰느라 땀이 뻘뻘 났다. 남들이 할 때는 쉬워보이던 것이 내 마음처럼 되지 않아서 성질이 났다. 이런 자전거 따위 그냥 길바닥에 던져버리고 싶었다. 그렇게 뿔이 난 채로 몇 번을 더 넘어졌을 때, 나도 마침내 비틀거리면서 앞으로 가기 시작했다. 저 멀리 보이는 야구장에서 함성소리가 들렸다. 나를 향한 함성같이 느껴졌다. 그제야 선선한 바람이 느껴지기 시작했다. 혼자만의 치열한 고군분투를 끝내고 아빠에게 자전거를 타고 돌아가니 아빠를 닮아서 끈기가 있다며 엄지를 치켜 세워줬다. 고모 병문안에 가서도 아빠는 오늘 내가 자전거를 혼자 타게 된 얘기를 무용담처럼 자랑했다. 자전거를 길바닥에 던져버리지 않길 잘했다는 생각이 들었다. 대단한 일을 하게 된 것 같아서 기분이 좋았다. 나를 내버려두고 혼자 벤치에 있는 아빠의 마음도 어쩌면 조마조마하지 않았을까 상상했다. 역시 그랬겠다. 아빠는 나를 사랑하니까. 나는 아빠를 닮은 아이니까. 그래서 아빠는 나를 믿어준 것이다.

다시 겨울. 내 생일이 되었고 아빠는 마트에 있는 작은 악기점에 나를 데려갔다. 아빠는 나에게 기타를 사줬다. 친구를 따라간 교회에서 처음으로 기타 치는 것을 보고 기타를 가지고 싶다고 말한 적은 있었지만 내가 진짜 기타를 가지게 될 줄은 몰랐다. 처음으로 나만의 악기가 생긴 나는 눈이 동그래질 만큼 놀랐다. 얼떨결에 기타를 안게 된 나의 볼은 추운 밖과의 온도차까지 더해져 새빨갛게 홍조가 올라와서 뜨거웠다. 집까지 아빠가 들어준다고 해도 굳이 내 조그만 등에 기타를 이고 집에 갔다. 집에 가자마자 엄마 앞에서 한껏 상기

가오리와 Am

된 얼굴로 아빠가 어쩐 일로 기타를 다 사주더라고 조잘대던 그런 겨울날이 우리에게 있었다. 그런 나를 형광등 아래로 안아 올리던 불콰하게 취한 아빠와의 새하얀 겨울날. 고요한 밤 거룩한 밤을 부르던, 고요하지 않던 거룩한 밤.

  이런 계절들 말고도 생각나는 아빠와의 어린 시절이 참 많다. 나는 유독 기억력이 좋기 때문이다. 아빠가 취할 때마다 어제 일처럼 당신의 유년기 시절을 늘어놓게 하는 그 기억력을 아무래도 나도 타고 난 것 같다. 아빠와의 추억을 모두 모아 쌓아올리면 추억 대신 내가 무너진다. 현실의 아빠와 내가 추억하는 아빠가 다르기 때문이다. 미워한다고 처박아 놨던 아빠와의 추억이 퍽 사랑스러워서 당황하게 된다. 하지만 사실 아빠를 미워할 수 없게 된 건 그렇게 수많은 추억을 내가 기억하기 때문만은 아니다. 사실은 좋은 기억보다 암울하고 초라해서 한 번도 말하지 못한 기억이 더 많다. 그래서 어릴 때 나는 아빠를 싫어했다. 아빠 같은 사람은 되지 말아야지 생각했다. 그런데 이제 어린 시절의 나보다 아빠의 나이에 가까워질수록 아빠를 마냥 싫어하지 못하고 그저 미워하게 되다가 이제는 그마저도 미워할 수 없게 되었다. 나에게서 아빠의 기질이 불쑥불쑥 나타나기 때문이다. 무기력하게 방에 누워있는 아빠, 산을 떠도는 아빠, 사랑을 표현할 줄 모르는 아빠, 초조해서 화를 내

가오리와 Am

는 아빠, 자존심이 상하는 아빠, 외로운 아빠, 돈이 없는 아빠, 일이 없는 아빠, 술을 마시는 아빠, 줄담배를 피우는 아빠, 내일이 무서운 아빠, 욕을 하는 아빠, 나는 모르는 어린 시절 얘기만 하는 아빠, 슬픈 아빠, 아빠.

내가 퍽 한심한 순간에 그 시절들의 아빠가 겹쳐 보인다. 아, 아빠도 이런 마음이었겠구나. 일말의 이해하려는 노력 없이도 알아버린다. 그러다 보면 아빠를 미워하지 못하게 된다. 그런 아빠를 미워하고 싫어하는 건 내 존재를 미워하고 싫어하는 게 되어버리기 때문이다. 이런 생각에 닿으면 애써 미화시켜 주렁주렁 늘어놓은 추억 속 아빠의 웃음과 사랑도 거짓이 아닐까하며 졸렬해진다.

아빠는 사실 내가 태어나던 날 도망치지 못해 줄담배를 피웠던 건데 무섭다고 할 수가 없어서 기다렸다고 한 건 아닐까. 아빠는 사실 내가 놀이기구에서 빙글빙글 도는 사이에 도망가고 싶어 한숨을 푹푹 쉬었던 건 아닐까. 나 말고 아빠의 그대와 산에 가고 싶었던 건 아닐까. 아빠가 빌려준 자전거를 타고 나 혼자 영영 떠나버리길 바랐던 건 아닐까. 그런데 그렇다고 인정할 수 없어서 사랑하는 척 애썼던 건 아닐까. 아빠도 나를 미워하면 스스로를 미워하는 게 되어버려서 사랑하는 척 한 게 아닐까.

가오리와 Am

그런 것이 사랑이라면 나는 아무것도 사랑하지 않겠다. 어쩌면 사랑한다는 것은 어느 한 순간의 착각 때문일지도 모르겠다. 착각은 민들레 홀씨가 제멋대로 부유하다가 훅 내려앉아 뿌리를 내리면 아스팔트 사이에서도 어김없이 꽃을 피워내는 것처럼 아무렇게나 헤집고 다니다가 사랑이었다는 착각을 심어버린다. 그렇게 피어나는 뽀얀 착각의 새싹을 짓밟지 못해서 내 마음에는 그렇게나 아빠의 사랑이 많이도 피어났던가.

 번쩍, 암흑 속에서 눈을 뜬다. 또 꿈이었다. 나는 나의 아빠가 나의 악몽이 되는 이유를 알고 있다. 그것은 애석하게도 내가 당신을 사랑하고 있기 때문이고. 최선을 다해 미워하고 경멸하기만 할 수 있다면 얼마나 좋을까. 하지만 사랑하지 않겠다는 다짐에도 불구하고 나는 너무나도 분명하게 그를 사랑한다. 그것이 나의 가장 큰 오점같이 느껴질 때가 있다. 그러면 나는 그를 더 사랑하고 나를 더 미워하고 경멸하게 된다. 비겁한 자의 가장 빠른 도피는 스스로를 경멸하는 것이다.

 방문을 열어보니 거실에는 언제나처럼 술에 취한 아빠가 있다.
"아빠"
"왜 부르노 인마."

가오리와 Am

"술 좀 그만 마셔."

"팍! 쓸데없는 소리하지마라. 다 내 알아서 한다."

"아빠는 왜 맨날 아빠 마음대로만 해? 나는 속도 없어서 맨날 내버려둬야 해?"

"에이, 씨발. 술 맛 떨어지게 하네."

"이게 욕할 일이야? 아빠는 주변 사람 생각은 하나도 안 하지. 이기적이다, 진짜."

"나도 나름대로 노력하려고 하고 있는데 그렇게 말하면 내가 뭐가 되노. 적당히 해라."

"노력은 개뿔. 아무것도 안하는 거면서. 다 핑계잖아. 적당히 안 하는 건 항상 아빠면서."

"알지도 못 하면서! 씨발! 그만해라."

"욕하면 다야? 나는 뭐 욕 못해서 안하는 줄 알아? 나 요즘 어떤지 알아? 아빠는 옛날부터 그깟 술이 나보다 더 중요했지? 술이나 마시러 간다고 집에 나 혼자 내버려두고 한참이나 지나서는 취해서 화만 내던 꿈속에 갇혀서 살아. 근데 아직도, 아니 그때보다 더 술에 잡아먹혀서 사는 거나 보고 있으면 난 솔직히… 죽고 싶다."

그 때, 툭, 우리 사이에 무언가가 끊어진 것 같다. 한번도 내뱉지 못해서 내 안에 고여 썩어가던 말들을 드디어 배설해냈는데 왜 하나도 홀가분하지 않을까. 솔직한 말 하나 제대로 못하고 이어진 아빠와 나의 관계는 무엇이었을까.

실은 내가 뱉은 말이 다 사실이 아니다. 아빠한테는

그깟 술이 나보다 더 중요하지 않았을 거다. 술 마시다가도 내가 좋아하는 노래도 불러주고 목마도 태워주고 내가 좋아하던 금도끼 은도끼 이야기도 질릴 때까지 자꾸 해줬다. 나를 혼자 내팽개쳐놓고 술이나 마시러 나간 건 아닐 거다. 내가 모르는 아빠의 세상에서 아빠도 어떻게든 잘 살아보려 했을 거다. 그런데 세상일이 다 그렇듯이 아빠도 잘 되지 않았겠지. 그래서 술이나 마실 수밖에 없었겠지. 아빠 때문에 죽고 싶다는 말도 사실이 아니다. 아무것도 할 수 없을 것 같은 무력감에서 영영 나올 수 없을 것 같을 때 나도 콱 죽어버렸으면 싶었던 시절이 있긴 했다. 그러나 나보다 더 나약한 아빠가 내가 없는 세상에 남아서 슬퍼하는 것을 생각하면 나는 살아야했다. 나는 그럼에도 불구하고 언제나 아빠를 사랑하고 있었고, 그렇게 아빠는 어떻게든 나를 살게 하는 사람이었다.

 자기 때문에 죽고 싶다는 말을 하는 자식 앞에 놓인 아빠의 동공이 잠시 흔들렸다. 그러나 이내 술잔을 고쳐 잡고.

 "그런 식으로 말하면 섭섭하다. 내가 잘 못해준 건 나도 다 안다. 딱 한 잔만 더 할게."

 정말 싫다. 상처받았으면서 아무렇지 않은 척하는 표정이. 기어코 술을 찾는 의존이.

 "나는 그 한 잔이 그렇게 싫은 거라고. 못해준 적 없는데 그 한 잔하면 진짜 못난 인간인 거야."

가오리와 Am

"하, 진짜 씨발! 니는 말을 해도!"
 말이 끝나기와 동시에 그 한 잔은 시원하게 아빠의 목구멍으로 털어 넘겨졌다. 아빠는 아무 일도 없었다는 듯이 그대로 거실에 누워서 자리를 잡고 눈을 감았다. 세상의 실망은 전부 아빠에게서 배워온 것 같은 배신감이 든다. 아빠랑 같이 있는 공기가 갑갑해 박차고 집밖으로 나갔다.

 편의점이라도 다녀와야겠다는 생각을 하며 동네를 걸어 나가려는데 어, 갑자기 바람이 분다. 저 멀리 영화에서만 보던 돌풍이 불어온다. 다시 얼른 집에 들어가지 않으면 정말 흔적도 없이 날아갈 것 같은 돌풍. 거리에 나무들이 기둥이 없는 양 아무렇게나 나부끼고 표지판들은 끼익 소리를 내며 금방이라도 떨어질 듯이 세차게 흔들리기 시작한다. 아무런 예보도 없었는데. 이것도 꿈인가. 아무래도 다시 집에 돌아가야겠다 싶어 뒤를 돌았다. 그런데 잠들었을 거라 생각한 아빠가 취해서 비틀거리며 걷고 있었다. 그 모습을 보자마자 순간 온 몸에 힘이 쭉 빠졌다. 등줄기에서 땀이 흐르는 게 느껴졌다. 휘청이는 아빠는 금방이라도 돌풍에 날아가버릴 것 같았다. 꿈이 이렇게 생생해도 되는 건가.
 "아빠! 얼른 들어가!"
 소리치는 게 들리지 않는 건지 못들은 채 하는 건지 아빠는 아랑곳하지 않고 힘없이 나부꼈다. 죽을힘을 다

해 달려가 잡은 아빠 몸에도 힘이 쭉 빠져있었다. 나는 그 팔을 꽉 붙잡았다. 그 찰나에도 애석하게도 나는 여전히 당신을 사랑하고 있었고. 어쩌면 우리는 어떤 시점부터 계속 이런 관계였지 않을까. 한 쪽만 힘을 꽉 쥐고 놓지 않는 관계. 힘을 꽉 쥔 쪽도, 붙잡힌 쪽도 슬픈 관계.

"나 같은 건 사라지는 게 낫지."

힘없이 나부끼던 아빠는 갑자기 결심을 한 듯 말했다.

순식간이었다. 힘없이 나부끼던 아빠는 돌풍에 훅 날아갔다. 아빠가 날아간 자리에서 하늘을 다 덮을 만큼 커다란 가오리가 나타났다. 내 귀에는 Am코드의 음이 윙윙 들렸다.

다영

모든 픽션이
실은 누군가의 역사가 아닐까
몰래 설렙니다.

언젠가 제 현실에도
상상속 세계가 불현듯 모습을
드러내지 않을까
두근대는 마음으로 글을 씁니다.

매축지 마을

다영

1장   소 녀

**

심연의 바닷속으로 투명한 내가 하릴없이 흐릅니다. 얼마큼의 시간이 지났을까요. 지나온 시간보다 더 영겁 같은 시간으로 아득히 유영할 것을 느낌으로 압니다. 저는 혼령일까요. 손을 펼치면 손바닥 너머의 파동이 고스란히 보입니다. 이제 더 이상 저의 존재양식이 무엇인지 생각하지 않아요. 촉감도 그림자도 없이 광활한 바다의 하나의 물결이 되어 그저 떠다닙니다. 나는 1939년, 일본군의 총에 맞아 죽었습니다.

**

 그 무렵, 조선은 통째로 망해가고 있었습니다. 우리는 밥때가 되면 보리보다 물이 더 많은 희멀건 죽을 양푼이에 덜어 눈 깜짝할 새 들이마셨습니다. 누구 하나 예외 없는 삶이었어요. 해묵은 손길로 막내에게 젖병을 물리는 언니도, 죄책감 서린 등위로 책보따리 둘러메고 대문을 나서는 오빠도, 너 나 할 것 없이 모두 굶주림에 배 닳아 했습니다. 한 날, 아랫마을 정 씨 아저씨가 툇마루에 걸터앉아 군수공장에서 여공을 모집한다는 소리를 떠들어댔습니다. '얼라들 데려가믄 옷도 주고, 밥도 준다카대, 일이야 힘들겠지만은 요새는 독립운동이다 항일운동이다 정신팔리가 혼인해도 남편이 시원찮을 끼라. 기지배가 남편 덕 못볼끼믄 제 밥값이라도 덜어야제. 공장에서 주는 벌이가 솔찮단다.'

 얼마 뒤 아버지와 어머니는 나를 불러 앉혀 본 데 없는 따뜻한 눈길로 말을 꺼내었습니다. 떠나는 날, 나는 스스로 머리를 묶고 옷깃을 여몄습니다. 마당 한켠에서는 언니가 빨래를 널고 있었고, 오빠는 뒤집어진 수레의 바퀴를 손질하고 있었어요. 그들의 모습을 뒤로한 채 군용트럭에 몸을 실었습니다. 왠지 모르게 비장한 기분이 들었습니다. 한동안 떨리는 몸을 진정시키기 위해 온 신경을 집중해야 했어요. 트럭엔 나와 비슷한 또래 소녀들이 짐짝처럼 실려 있었습니다. 우리는 서로를 의식하면서도 눈을 맞추지 않았습니다. 텅 빈 동공으로 짐칸의 바닥면을 무기력하게 응시하며 숨 막히는 정적을 견뎌낼 뿐이었지요. 끝없이 이어지는 트럭의 진동이 무감각해질 때쯤 사방은 어둠으로 수북이 메워져 있었습니다. 어느새 목적지에 가까워진 모양인지 한참을 달리던 트럭 위로 희미한 불빛이 희끗희끗 보이기 시작했습니다.

 그 때 였습니다. '흐윽..' 어디선가 겨우 삼켜낸 재채기가 저도 모르게 불쑥 튀어나온 것 같은 울음소리가 새어나왔습니다. 옆자리에서 두 손으로 황급히 입을 막는 기척이 느껴졌어요. 고개를 들어 울음소리가 난 쪽을 쳐다보았습니다. 그녀의 눈 한가득 그렁그렁 맺혀 있는 것은 분노일까요. 두려움일까요. 나는 이상한 기분이 들었습니다. 그녀는 볼이 또래답지 않게 앙상하여 광대가 더욱 도드라져 보였고 입고 있는 헐거운 저고리는 소매가 다 헤져 있어 허름한 우리 사이에서도 가장 애처로워 보였습니다. 나와 눈이 마주친 그녀는 무언가에 잡아 먹힌 듯 더 이상 참지 않고 흐느꼈습니다. '흐윽 … 우리 공장.. 가는 거 아이다… 흑 .. 저기.. 불빛 저거 .. 공장 아이라… 흐으윽..' 그녀가 어깨를 바들바들 떨며 고개를 떨구는 모습이 아직도 선명

매축지 마을

합니다. 선이 언니는 저곳이 위안소라고 했습니다. 위안소, 나도 그곳이 어떤 곳인지 압니다. 장터에서 덕수네 엄마가 어머니에게 수군대는 것을 들은 적 있습니다. 지 누이 같은 계집애들을 끌고 가 아래가 다 찢겨서 걷지 못할 때까지 그 짓거리를 한다고요. 총보다 대포보다 더한 짐승새끼들이라고요. 내 안에서도 단숨에 그렁그렁한 무언가가 차 올랐습니다.

 우리는 달리는 트럭에서 뛰어내렸습니다. 이후의 기억은 분명하지 않아요. 선이 언니의 손을 붙잡고 달렸던 것도 같고, 놓친 채 멀어졌던 것도 같습니다. 끼익- 하고 트럭이 덜컹 멈추는 소리, 쫓아오는 군인들의 징굽소리, 숨어든 움막에서 아무리 호흡을 가다듬어도 점점 커져만 가던 원망스러운 내 숨소리. 겹겹의 순간들이 한 줌의 비명으로 뭉쳐져 아직도 귓가에 잔향처럼 맴돕니다. 영원 같던 시간이 흐르고 이쯤이면 되었다 싶은 마음이 들어 움막 입구의 거적때기로 조심스레 몸을 움직였습니다. 볏짚으로 된 문의 끄트머리를 살며시 잡고는 바늘구멍만큼 좁은 틈을 벌려 천천히 눈을 갖다 대었어요. 동시에 '흐읍..' 하고 신음이 쏟아졌습니다. 뒤따라오던 군인 한 명이 허리를 숙인 채 두리번거리다 저와 눈이 마주쳤던 것입니다. 그 눈. 내 생에 첫 여명. 바로 그 군인의 떨리던 눈빛 때문이라

매축지 마을

짐작합니다. 내가 지금껏 바닷속을 유영하는 이유. 우리는 서로를 분명히 느꼈습니다.

이윽고 커진 동공을 스스로 다독이며 어색하게 돌리던 그의 고갯짓, 뒤돌며 또 다른 군인에게 아무도 없다는 듯 주절대는 말소리, 또 다른 이가 기어코 움막을 향해 쏜 총포를 막아서다 제 몸통에 난 구멍을 움켜잡고 힘없이 쓰러지는 등허리. 그리고 이어진 두 번째 총성. 먼저 총에 맞은 그의 몸이 땅에 채 닿기도 전에 나는 죽었습니다.

**

이곳에서는 아무것도 느껴지지 않습니다. 누구도 그립지 않고, 무엇도 슬프지 않아요. 미움도, 두려움도 이름 붙일 수 있는 모든 감정이 물속 어딘가로 가라앉아버린 것만 같습니다. 기억은 있지만 마음은 없습니다. 모든 일은 일어났지만 아무것도 나를 흔들지는 못합니다. 온종일 그 눈을 생각합니다. 이 스러지는 바닷속에서 나는 그저 떠다닙니다.

매축지 마을

2장 세 령

**

세령은 아무 생각하지 않으려 애썼다. 달리는 기차에 몸을 뉘인 채 어두운 창 너머로 보이는 간헐적 불빛에 시선을 맡겼다. 어둠에 스치는 불빛마다 은희언니의 얼굴이 겹쳐 보였다. 언니의 트레이드마크인 해사한 미소가 그리워 야속해지는 밤이었다.

세령은 은희를 미혼모복지센터에서 알게 됐다. 복지센터는 같은 처지에 놓인 사람들이 모인 공간이었지만 저마다의 사정 탓에 의외로 쉽게 마음의 벽을 허물 수는 없는 곳이었다. 그래서인지 은희의 미소는 그곳에서 더욱 도드라져 보였다. 세령은 어색할 때도 울음이 터질법한 순간에도 눈이 마주치면 자꾸만 헤실 대며 웃는 은희가 처음부터 마음에 쓰였다.

매축지 마을

세령과 은희는 센터 퇴소기한에 맞춰 작은 빌라의 월세방을 함께 얻었다. 입주 날 장판 바닥을 닳고도 남을 정도로 박박 문지르며 닦던 은희가 숨을 고르듯 세령을 올려다보며 말했다. 자신은 보호시설에서 컸다고. 자신이 낳은 딸 안음을 입양기관에 보내지 않고 제 손으로 키우게 되어 견딜 수 없이 기쁘다고. 세령은 그날 처음으로 은희의 진짜 웃음을 보았다고 생각했다. 오래 쌓인 눈 위로 살포시 내린 봄 햇살처럼 세상을 향해 굳게 닫혔던 마음이 소리 없이 녹은 듯한 미소였다. 그래서였다. 어처구니없게도 그것은 세령의 용기가 되었다. 은희가 갑작스레 세상을 떠난 뒤 세령은 일말의 고민도 없이 안음을 자신의 호적에 올렸다. 그녀는 자신의 아들 도훈과 안음이 태어날 때부터 함께 자라온 사실이 새삼 다행스럽게 느껴졌다.

'우리 열차는 잠시 후 마지막 역인 부산역에 도착합니다. 미리 준비하시기 바랍니다.' 정적을 깨우듯 종착지 안내방송이 흘러나왔다. 안음과의 언쟁이 끝내 폭발한 건 불과 몇 시간 전이었다. '내가 엄마 딸이 아니라서 그런거잖아!' 안음의 비명이 머릿속에서 사정없이 메아리 쳤다. 집을 나와 무작정 기차역으로 향한 세령은 도착지와 출발시간이 적힌 전광판을 대강 훑은 뒤 덥석 부산으로 가는 표를 예매했다. 무엇으로부터

매축지 마을

도망치는 건지 알 수 없었다. 필요이상으로 조심스러웠던 것이 문제였을까. 우리는 엄마와 딸의 모습이라기엔 지나치게 정중했다. 어쩌면 그것이 안음에게 도훈과의 간극을 한층 벌려놓는 일이었는지도 몰랐다.

 부산은 낯선 도시였다. 단지 엄마의 고향이라는 사실이 그녀를 속절없이 이끌었다. 세령은 마음이 약해질 때면 자꾸만 엄마를 찾는 자신이 못마땅했지만 풍파의 가운데서는 여과 없이 그녀의 온기가 붙들고 싶어졌다. 그녀는 사춘기시절 내내 자기 자신을 경멸하며 보냈다. 나라는 존재가 가족의 오점이라는 자기혐오. 스스로에 대한 부정은 세령을 세상으로 부터 점차 고립시켜갔다. 친절은 조롱으로, 호의는 의심으로 그녀를 갉아먹었다. 연기가 되어 소리없이 사라지고 싶었다. 그게 이치인 것 같았다. 평생이 죄를 짓는 기분이었으니까. 그러나 두 아이의 엄마가 된 지금, 존재에 대한 은폐된 거부감은 명백히 엄마의 침묵에서 비롯된 것이라는 확신이 들었다. 이제 내 모든 혐오는 엄마의 것이다.

 어린 세령은 소설을 좋아했다. 이야기 속 주인공들은 어쩐지 자신을 닮아있었다. 그들의 고난과 회복을 따라가다 보면 잠시나마 외로움이 씻겨 내려갔다. 하

매축지 마을

지만 그녀에게는 그 짧은 안도의 순간마저 온전히 허락되지 않았다. 방에서 책을 읽다 바깥으로 작은 기척이 들려오면 어린 세령은 서둘러 이불 밑으로 책을 숨기고는 두 눈을 감은 채, 제발 할머니에게 들키지 않게 해달라고 숨죽여 빌었다. 현실은 언제나 그녀를 불안으로 끌어들였다. 암탉이 울면 집안이 망한다는 속담을 입에 달고 살던 노인이었다. 남동생 은령이 시험을 망치고 의기소침해 돌아오는 날이면 할머니의 날 선 화살은 어김없이 세령의 책상머리로 향했다. '계집애가 책을 붙들고 있으니 기운이 자꾸 새나가지. 쯧.' 정작 그녀가 견디기 힘들었던 건, 낡은 신념에 사로잡힌 할머니보다 그런 말에 눈길 한 번 주지 않던 엄마의 침묵이었다. 할머니는 할머니지만 엄마는 엄마니까.

…엄마는 엄마니까.

방안이 할머니의 고성으로 뒤덮일 때면 엄마는 말없이 현관문을 열어젖혔다. 세령을 문 밖으로 내모는 무언의 신호였다. 떠밀린 골목길은 매번 유난히 어두웠고 세령은 매번 차에 치여 죽어버려도 상관없겠다고 생각했다. 태어나지 않았더라면. 원하지도 않은 삶의 무게가 고스란히 그녀의 어깨위로 내려앉았다. 엄마의 굳게 다문 입은 시리도록 상처를 덧나게 했다. 세령은 할머니가 잠드는 시각까지 정처 없이 거리를 떠돌다

집으로 돌아왔다.

 세령에게 가족은 결코 끊어낼 수 없는 올가미였다. 발버둥 칠수록 더 조여 오는 억센 덫. 탈피할 수 없다는 체념이 깊게 자리했다. 하지만 아이러니하게도 학생 신분인 그녀가 도훈을 가졌다고 털어놓았을 때 주저 없이 연을 끊어낸 건 그들이었다. 불시에 잘려나간 밧줄의 끝을 붙잡고 혼자서라도 뱃속의 아이만큼은 반드시 지켜내겠다고 마음속으로 다짐했다. 절대 엄마같은 엄마가 되지 않을 것이다. 내 결핍은 온전히 나의 몫이다. 그 무게를 온전히 감당함으로써 세령은 자신이 버려진 것이 아닌 스스로 걸어나온 것임을 증명하고자 했다.

 **

 이른 아침 숙소를 나와 곧장 매축지마을로 향했다. 역에서 버스를 타고 몇 정거장 이동한 뒤 골목을 두어 개 정도 더 걷자 마을지명이 적힌 표지석을 발견할 수 있었다. 수 없이 들어온 엄마의 고향. 바다를 메워 만든 땅, 매축지마을. 초입에 들어서자 한편에 마을지도가 그려진 안내판이 눈에 들어왔다. 세령은 초점 없는 눈으로 안내판에 적힌 문구를 읽어갔다. '일제강점기

매축지 마을

시절 마부들이 살던 곳… 광복 이후 동포들이 터를 잡기 시작한 곳 …' 고향에 대해 이야기하던 엄마의 목소리가 되살아났다. 담 넘어 건넛방 이웃의 기침소리까지 들리던 시절이었다고. 공동화장실에서 올라온 퀴퀴한 냄새가 안방까지 눌러앉아 여름 내내 밤잠을 설쳤더라고. 엄마는 그런 이야기를 하며 언제나 자신을 불쌍히 여겼다. 없이 살아서 그래. 힘들게 살아서 그래. 한숨과 함께 따라붙던 말이었다. 스스로에게 면죄부를 주는 듯한 그 말투가 세령은 끔찍이도 싫었다. 한 번 금이 간 항아리는 절대 금이 가기 전으로 되돌릴 수 없다. 상처 입은 사람이 상처받기 전으로 돌아갈 수 없듯이. 부모의 결함은 상속될 수밖에 없을까. 안음이 느끼는 외로움도 내가 지닌 상처가 드리운 그림자일까. 곳곳으로 가시 돋친 생각들이 뻗어갔다. 심란해진 세령은 근심을 털어내듯 고개를 젓고는 주위를 둘러보았다. 차츰 마을의 빛 바랜 풍경이 눈에 들어오기 시작했다. 매축지마을은 주변이 모두 재개발된 탓에 시간이 비껴간 섬처럼 홀로 과거에 있는 것 같은 오묘한 곳이었다. 낮게 깔린 슬레이트 지붕 사이로 좁은 골목들이 미로처럼 얽혀 있었고 곰팡이 진 콘크리트 벽, 판자 끄트머리마다 벗겨진 페인트 껍질, 미닫이로 된 녹슨 철문 틈새로 시간의 흔적들이 고스란히 드러났다. 한참을 걸었지만 아무런 인기척도 들리지 않았다. 촬영이

매축지 마을

끝난 영화 세트장에 홀로 들어선 듯 적막이 사방에 내려앉아 있었다.

 두 번째 모퉁이를 돌아섰을 때였다. 부서져 가는 회벽색 건물 아래로 허리가 잔뜩 굽은 채 웅크려 앉아있는 노인의 실루엣이 눈에 들어왔다. 세령은 걸음을 늦추다 이내 다시 노인을 향해 천천히 걸어갔다. 가까워질수록 그녀의 가냘픈 어깨와 손등 위 도드라진 검붉은 색 핏줄이 더욱 선명히 드러났다. 괜스레 허기가 지는 것 같았다. 엄마도 언젠가 저렇게 쇠약해지겠지. 그렇게되면 어쩔 수 없이 조금은 이해해야할지도 몰랐다. 엄마도 그저 그런 사람이구나. 태어나졌고 살아졌고 늙어 비틀어지는 그냥 사람이구나. 사는 건 본디 이런 모양이구나. 세령은 노인 앞에 멈춰 섰다.

 "시간이 멈춘 것 같은 마을이네요."

 "…"

 노인은 고개를 들어 세령을 빤히 올려다보았다. 노인의 시선이 자신을 파고드는 감각이 강렬했다.

 "누구든 한 번은 그 종 앞에 서게 마련이지. 울림이

매축지 마을

지나면 고요가 남으니까."

"네?"

"이곳은 바다였어."

"그렇군요."

"바다를 메우면서 그것도 함께 묻혔어. 여명. 죽음이 스러지다 해방의 씨앗이 된 거야. 희망을 품어버렸거든. 종을 찾아. 묶인 매듭이 풀릴 테니."

 세령은 숨이 잠시 멎는 듯 했다. *매듭*. 그랬다. 그들 사이엔 풀리지 않는 매듭이 있었다. 이 노인은 무엇을 본걸까. 매듭이라는 단어가 엄마의 침묵과 안음의 울부짖음을 한데 묶어 세웠다. 켜켜이 엉켜버린 실타래가 물에 젖어 세령의 깊숙한 곳으로 무겁게 내려앉았다. 언제부턴가 도망치는 자신을 알아차렸다. 결핍을 감당하겠다는 다짐이 겨우 이정도였나. 나는 정말 버려진 걸까. 현관문 밖으로 내몰려 어둠에 홀로 남겨졌던 그날부터 이미 벗어날 수 없었을까. 그날의 잔상 위로 안음과의 다툼 끝에 집을 뛰쳐나온 스스로의 모습이 겹쳐졌다. 세령은 숨이 막히는 듯, 얽힌 매듭 속에

갇힌 자신을 들여다보았다. '종을 찾아. 묶인 매듭이 풀릴테니' 오랜 파문처럼 노인의 마지막 말이 가슴속으로 번져왔다. 세령은 천천히 고개를 돌렸다. 어깨너머로 불어오는 바람에 어디에선가 울리는 종소리가 들려왔다. 자신을 부르는 것만 같았다. 그녀는 알 수 없는 확신에 사로 잡혔다. 가야했다. 종을 찾아야 했다. 세령은 곧장 발을 떼 직감이 이끄는 대로 내달리기 시작했다.

엄마.

안음.

엄마.

안음.

매축지 마을

173 엄마.

안음.

매축지 마을

엄마
나는 아직도 그 문 밖에 서 있어
엄마같은 엄마가 되지 않겠다고 다짐했는데
나는 아직도 어둠속에 서 있어요

매축지 마을

우리 딸
내 결핍이 너에게 상속될까 두려워
너의 그림자가 될까 무서워
너도 어둠속에서 나를 기다리고 있을까

매축지 마을

뒤엉킨 매듭이 달리는 걸음마다 조여 들었다. 거친 숨이 목을 찢는 것 같았다. 엄마. 안음. 엄마. 안음. … 엄마의 얼굴과 안음의 얼굴이 겹쳐졌다가 갈라지고 다시 겹쳐지기를 반복했다. 어느새 세령은 낡은 황동 빛 종 앞에 서 있었다. 그을린 종 주위로 알 수 없는 정기가 가득 차 아지랑이 피어오르듯 일렁였다. 그녀는 넋을 잃고 종을 바라보다 홀린 듯이 종 아래에 매달린 줄을 움켜쥐고 있는 힘껏 잡아당겼다.

  '깡…'

  낮고 묵직한 소리가 터져나왔다. 소리는 공명하듯 세령의 몸속으로 퍼져갔다. 울림은 혈관을 타고 서서히 흘러 그녀의 온몸을 물결로 휘감았다. 순식간의 일이었다. 착시나 환영같은 것이 아니었다. 물결은 현실이었다. 단숨에 골목의 풍경이 검푸른 물빛에 뒤덮이며 일그러졌다. 슬레이트 지붕과 뒤엉킨 전깃줄, 낡은 간판의 글자들이 파편처럼 흩어져 하늘로 솟구쳐 올랐다.

  '깡……'

  종이 저절로 움직였다. 두 번째 울림. 사방의 건물들

매축지 마을

이 와르르 허물어져 내렸다. 발 밑으로 파도가 출렁이며 정체모를 물길이 열리는 것이 느껴졌다. 세령의 몸이 균형을 잃고 휘청였다. 그녀는 거대한 소용돌이에 삼켜지듯 아래로 빨려 들어갔다.

매축지 마을

3장 마주한 두 사람

**

사방은 물빛이었다. 이곳은 바닷속일까. 아무래도 그런 것 같았다. 바닥이 어딘지 헤아려지지 않을 만큼 깊어 보였다. 하지만 그 외의 풍경은 무엇도 존재하지 않았다. 눈앞으로 물결이 계속해서 출렁이고 있었으나 피부로는 아무런 감각도 들지 않았다. 투명한 장막 하나가 몸과 바다 사이에 걸쳐 있는 기분이었다. 모든 것이 비현실적이었지만 세령은 그것이 마치 예정된 일인 듯 무덤덤했다. 자신조차 그런 자신이 낯설게 느껴졌다.

아무도 없을 것 같은 기이한 공간에 본능적으로 누군가 있다는 직감이 일었다. 무게도 소리도 없는 공간 속 저 멀리 희미하게 어린 소녀의 형체가 아른거렸다. 그녀는 마치 물결을 조종하듯 미동 하나 없는 몸짓으로 서서히 다가왔다. 세령은 소녀의 몸 한가운데 뚫려 있는 텅 빈 구멍을 애써 외면하며 소녀가 가까이 오기를 기다렸다. 세령의 앞에 선 소녀는 흔들림 없는 눈으로 세령을 응시했다. 낯선 한기가 온몸을 훑었다. 세령은 찰나에 자신이 읽혀져 나간 듯한 기분이 들었다. 소녀는 말없이 두 손을 내밀었다. 세령이 그녀의 손을 마주 잡자 물결이 거세게 출렁이며 세령과 소녀를 다시 한 번 휘감았다.

**

 눈앞을 가리던 물결이 흩어지며 시야가 또렷해졌다. 주위를 둘러보았으나 소녀는 보이지 않았다. 그녀는 어딘가 낯익은 풍경 속에 서 있었다. 보자마자 알 수 있었다. 잊으려 애써도 한 번도 지워지지 않았던 상처의 자리. 허물어진 담벼락, 축축한 골목길, 잿빛으로 내려앉은 저녁 공기. 스스로가 죽기를 바라던 아픈 기억이 되살아나 날카롭게 가슴을 후벼팠다. 그러나 곧 세령은 자신이 바라보는 시선이 어쩐지 익숙하지 않은 것을 깨달았다. 그녀의 눈 앞에는 어린 자신이 서 있었다. 저도 모르게 자신의 작고 마른 어깨를 한참 바라보았다. 가슴 한 쪽이 저릿해왔다. 낯선 감각이었다. 이끌리듯 눈물이 흘렀으나 그 눈물은 세령의 것이 아니

매축지 마을

었다. 그 아이를 향해 서 있던 사람은 다름 아닌 -엄마
였다.

 곧이어 보이지 않는 진동이 심장의 깊은 곳으로 서서
히 번져왔다. '어머니는 아이에게 왜 이리 모질까. 저
조그만 아이가 얼마나 쪼그라들었을지. 부디 어둠에
삼켜지지 않기를. 상처가 네 삶을 옭아매지 않기를. 끝
내 단단해지기를. 미안해 딸. 엄마가 너무 나약해서 정
말 미안해.' 무심코 밟은 유리 조각이 발끝을 파고들
듯 엄마의 마음이 통증처럼 스며들었다. 숨이 막혀왔
다. 지금껏 할머니의 편에서 자신을 내몰았다고만 믿
었던 엄마가 실은 언제나 지켜보고 있었을 줄이야. 무
엇보다 뒤이어 읽혀온 속내가 불편함과 함께 설명할
수 없는 혼란을 불러왔다. 원망과 이해가 한데 엉켜 부
유하는 순간, 저편에서 물결이 일렁였다. 잔잔하던 파
문이 넓게 번지며 물결 너머로 사라졌던 소녀가 나타
나 다시 손을 내밀었다. 세령은 떨리는 마음을 진정시
키며 소녀의 손을 맞잡았다. 사위가 미끄러져 내렸다.

**

 어수선한 마음으로 눈을 떴다. 곧바로 떠오른 것은
안음의 얼굴이었다. 자신은 엄마와 다르다고, 엄마같

매축지 마을

은 엄마가 아니라고 믿었던 지난 날이 우습게 느껴졌다. 어쩌면 안음도 나를 오해하고 있을지도 몰랐다. 내가 이해받을 자격이 있을까. 나도 엄마를 헤아려 본 적 없으면서, 원망하고 미워했으면서. 자책이 미처 가시기도 전에 꾸역꾸역 감춰둔 기억이 눈앞에 펼쳐졌다.

희미한 형광등 불빛 아래, 어깨를 떨며 앉아 있는 자신의 모습. 부풀어 오른 배를 감추기엔 교복 치맛자락이 터질 듯 팽팽했다. 눈 앞의 세령은 초조한듯 손 끝으로 치맛단을 집었다 놓기를 반복하고 있었다. 세령은 스스로 의연했다고 믿었던 마지막 순간조차 엄마의 눈에는 그저 위태롭고 작은 소녀로 보였음을 이제서야 깨달았다.

"내 아이야. 낳으려고."

오래 삼키던 말이 끝내 세령의 목구멍 밖으로 튀어나왔다. 결연한 눈빛이 우스울 만큼 서글펐다. 머릿속으로 수 없이 고백의 순간을 돌려보다 아직 입 밖으로 나오지도 않은 엄마의 차가운 말들을 미리 단정하고, 앞서 상처받고, 이미 벽을 세운 뒤 내뱉은 말이었다. 돌이켜보면 미움에 기대어 엄마를 몰아세운 건 내 쪽이었다. 또 다시 엄마의 마음이 파도처럼 밀려왔다. 어찌

매축지 마을

할 바 모르는 당황스러움, 자신이 세령을 품었을 때 느꼈던 막막한 두려움, 그리고 어린 딸에게 덮쳐올 미래에 대한 좌절이 한꺼번에 몰려왔다. 그녀는 자신이 얼마나 나약한 존재인지를, 이 아이를 지켜줄 힘조차 없다는 사실을 누구보다 잘 알고 있었다. 그 무력함에 미칠듯한 울분이 일었다. 그래서였다. 세령을 품에 두는 대신 차갑게 밀어내야했다. 그래야만 세령이 이 집에서, 이 감옥에서 완전히 벗어날 수 있을 것이다.

"할머니 눈에 띄지 말고 당장 나가."

 기억이 낯설게 뒤틀렸다. 침묵한 엄마는 절망을 감내하고 있었다. 딸을 지켜내려는 서툰 몸부림의 여인. 미움과 연민이 한꺼번에 솟구쳤다. 세령은 여전히 엄마가 용서되지 않는지 스스로에게 물었다. 엄마를 원망할 때마다 마음속으로 지점토를 조금씩 뜯어내 사람모양으로 쌓아 올렸다. 아니. 그 사람모양의 점토는 고층 건물을 올리고도 남았을 것이다. 실은 세령도 엄마가 자신을 사랑했기를 바랐다. 언제든 사랑으로 탈바꿈할 준비가 되어있던 미움. 그 고층 건물은 사랑의 크기와도 같았다. 그녀는 인정할 수밖에 없었다. 그토록 단단히 묶여 있던 매듭이 순식간에 풀려버렸다는 사실을. 어이없게도 이미 준비는 끝나 있었다. 단 한마디의

매축지 마을

진심만으로도 모든 미움을 놓아버릴 준비가 되어 있었던 것이다. 그녀는 평생 엄마의 사랑을 기다리고 있었다. 안음의 얼굴이 스쳐갔다. 어쩌면 안음도 나를 그렇게 기다리고 있을지도 몰랐다. 모든 미움을 놓아버릴 진심을.

 그때였다. 물결이 다시 사방을 감싸기 시작했다. 벽 한가운데서 파동이 일더니 소녀의 모습이 드러났다. 소녀는 한동안 아무 말없이 세령을 바라보았다. 소녀는 세령이 오래 전의 자신을 닮아있다고 생각했다. 아니, 실은 모든 인간은 서로를 닮아 있다. 사랑을 원망하고 사랑을 갈망했다. 소녀는 세령에게 그 순간을 건네고 싶었다. 죽기 직전, 총을 든 소년의 눈에서 본 그것. 그 유일한 온기를 세령에게 전하고 싶었다. 세령은 밀려드는 감정을 뒤로하고 소녀를 따라 마주 보았다.

 어둠을 뚫고 서서히 번져오는 한 줄기의 여명.

 침묵

 방관

 증오

매축지 마을

울부짖음

외로움

그리움

엄마, 안음, 그리고 자신

 소녀의 눈빛이 물결처럼 번져와 세령의 마음에서 스러졌다.

 세령은 직감적으로 알았다. 울림이 끝나고 고요가 찾아왔음을. 얽히고 설킨 매듭이 하나씩 풀려나가고 속에는 단 하나의 알맹이만이 남아있었다. 그것은 부정할 수 없는 모성애, 사랑이었다.

 이제 세령이 해야 할 일은 또렷했다. 그녀는 엄마를 용서한다고 말하지 않을 것이다. 나도 이제는 당신이 되었다고. 당신과 같은 마음으로 서툴게 살아가고 있다고 고백할 것이다. 오랫동안 응어리져 있던 불안이 사라지고 남은 자리에는 오직 고요한 해방감만이 머물렀다. 다시는 도망치지 않을 것이다. 그녀는 안음에게

매축지 마을

달려갈 것이다.

  세령은 고개를 들었다. 여명 속에서 소녀가 조용히 미소 짓고 있었다. 그 미소에는 슬픔도, 연민도 없었다. 오직 '선'의 물결만이 일렁일 뿐이었다. 이내 소녀는 물결과 함께 흩어졌다. 소녀는 여전히 이곳에 있을 것이다. 온종일 그 눈을 생각하면서. 오늘 또 하나의 종이 울렸다.

매축지 마을

김효선

흩어진 기억으로 글을 쓰며
나만의 모양을 찾아가는 사람

불안과 바다

김효선

몇 시간이 흘렀을까.

 창밖은 여전히 짙은 구름 위였다. 하얀 솜털 같은 구름이 끝없이 펼쳐져, 마치 모든 소리를 삼켜버린 듯 고요했다. 비행기 엔진 소리만이 낮게 깔린 채, 사람들의 숨소리와 섞여 잔잔히 흐르고 있었다. 나는 고개를 돌려 창에 비친 내 얼굴을 오래 바라보았다. 눈가엔 피곤이 내려앉았고, 입술은 말라 있었다. 주변 사람들의 얼굴이 창에 겹쳐 보였다. 어떤 이는 눈을 감았고, 어떤 이는 모니터 속 영화에 몰두해 있었다. 모두 각자의 이유로 이 하늘 위를 함께 가는 중이겠지만, 내 이유는 무엇일까. 곧이어 착륙 방송이 나왔다. 두 시간 후면 나는 뉴질랜드 땅을 밟게 될 예정이었다. 낯선 대륙, 익숙하지 않은 언어, 그곳에서의 나, 어쩌다 나는 하늘길로 14시간이나 떨어진 이곳까지 오게 된 걸까'

몇 년 전, 바람이 제법 서늘했던 10월이었다. 공기는 맑았지만, 그 속에 묘하게 쓸쓸한 냄새가 섞여 있었다. 오랜만에 만난 A와 늦은 점심을 먹기로 했다. 그 날 우리는 오래된 골목 끝에 있는 작은 식당에 마주보고 앉았다. 창문 밖에는 노란 은행잎이 바람에 흩날리고 있었고, 그 사이로 햇빛이 가늘게 스며들었다. 나는 식사를 하면서도 마음 한켠이 허전했다. 그 허전함은 대화 중간마다 불쑥 고개를 들곤 했다. 미묘한 공백을 눈치챘는지, 그가 어렵게 입을 떼기 시작했다.

"부산 말고 다른 곳에서 시작해보는 건 어때?"

낮게 울리는 목소리가 따뜻한 연기 속에서 김이 피어오르듯 내 귀속에 천천히 스며들었다. 나는 그 말에 대답할 수 없었다. '그럴까요', '모르겠어요' 머릿 속의 번역기가 작동되기 시작했다. 하지만 그 모든 말을 삼켰다. 겉으로는 잠시 고민하는 표정을 지었지만, 속으로는 이미 답을 알고 있었다. '그러게요. 왜 나는 이곳을 떠나지 못할까요.' 그 말이 목까지 차올랐지만, 끝내 입술을 넘어가지 못했다. 문득 그런 날이 있다. 아무것도 특별하지 않은 하루, 같은 말도 이상하게 목에 가시가 걸린 듯 삼켜지지 않는 날. 꼭 다물고 있던 두 입술이 천천히 벌어지기도 전에, 그는 흥미를 잃은 듯 다른 주제로 돌려버렸다. 그러게나 말이다. 나도 가끔은 묻고 싶다. 나는 왜 이 곳을 떠나지 못할까.

불안과 바다

모든 게 불안정한 삶 속에서 나는 늘 새로운 일을 벌이곤 했다. 그건 단순한 변덕이 아니었다. 규칙적이고 반듯하게 놓인 일상 위에 손톱으로 작게 흠집을 내는 일. 그 흠집 하나가 하루를 전혀 다른 방향으로 흐르게 했다. 어제와 오늘이 닮지 않았으면 좋겠다고, 오늘과 내일은 서로 모르는 사이였으면 좋겠다고 바랐다. 그래서 일부러 길을 돌아갔다. 해보지 않은 메뉴를 주문했고, 모르는 사람의 이야기 속으로 스며들었다. 작은 시도 하나가 하루를 뒤집는 순간을 나는 사랑했다. 그렇게 하루를 낯선 것들로 가득 채우다 보면, 내 안의 공기가 조금은 달라지는 걸 느꼈다. 어쩌면 새로움은 나에게 숨구멍이었다. 답답한 방 안에 한 줄기 바람이 스며들 듯, 마른 땅에 빗방울이 떨어지듯, 시들어가던 마음이 잠시나마 촉촉해졌다. 그런 나를 바라보던 사람들은 종종 고개를 갸웃했다.

"넌 참 뭘 많이 하는 것 같아"

 그럴 때면 나는 수줍게 웃으며, 마치 그건 아무 일도 아니라는 듯 대답했다.

"아유, 뭐 다들 비슷하죠."

 준비했던 대답이 입술을 떠나면, 어김없이 입안에 씁쓸한 맛이 남았다. 자동응답기처럼 튀어나온 말에는 작지만 날카로운 물음표가 자라고 있었다. 그래서 나는 스스로에게 물었다. 정말 많은 일을 해서 행복해진 걸까? 행복하지. 아닌가? 나는 왜 이렇게 쉬지 않고 새로움을

불안과 바다

찾아 헤맬까? 무엇을 잃지 않으려도, 무엇을 붙잡으려고 이렇게 발을 옮길까.

그 때 였다. 시곗바늘이 옆으로 한 칸 움직이듯, 마음 한쪽에서 숨겨져 있던 문이 열렸다. 나는 천천히 그 문 안을 들여다보았다. 그 안에는 방 크기만 한 몸집의 '그'가 누워있었다. 이름도 없고, 얼굴도 없지만 존재감만큼은 방 안을 가득 채우고 있었다. 빛이 거의 들지 않는 그곳에서 그는 매일 조금씩 몸을 불렸다. 손으로는 잡히지 않는 불안감, 놓치고 있는 것이 있을지도 모른다는 낯선 기시감, 아무도 묻지 않았는데도 스스로에게 건네는 반복된 자책감. 나는 그를 똑바로 바라보지 못했다. 그저 방 안 한 퀴퉁이를 비워주고, 그곳을 그의 자리로 남겨두었다. 어쩌면 나는 그가 사라지길 바라면서도 동시에 그가 나와 함께 있어야 안심하는 사람이었는지도 모르겠다. 그 방은 나만 아는 창고 같았다. 들어 갈 때마다 가슴이 조여오는데, 이상하게도 문을 닫지는 못했다. 마치 오래된 집의 한 칸처럼 불안은 내 삶 속에 깊이 자리 잡고 있었다. 그것이 무너질까 두려워 그리고 그 자리에 다른 것이 들어올까 두려워 나는 그 방을 그저 열어두었다. 그리고 그 방이 내 마음속 어디쯤 있는지 알면서도, 나는 다시 낯선 길을 걸었다. 새로운 일을 시작했고, 새로운 사람을 만나기 시작했다. 마치 집 안의 낡디 낡은 가구에 덮개만 씌우듯, 그 방을 보이지 않게 덮어두고 다른 공간을 꾸미는 데 몰두했다.

불안과 바다

사실 나는 유달리 불안이 많은 인간이었다. 디자이너로 일을 할 때는 시안을 팀장님에게 보내는 순간까지 가슴 속에 답답한 돌덩이가 있는 것 같았다. 선 하나, 색 하나가 마음에 들지 않을까봐, 그녀의 표정 하나에 하루가 무너질 것처럼 긴장했다. 오랜만에 만난 친구의 얼굴빛이 미묘하게 변하면 금세 생각이 꼬리를 물었다. '혹시 방금 내가 한 말 때문인가...?' 시선은 허공을 부유했고, 손가락은 컵 가장자리를 괜히 훑었다. 말보다 눈치가 먼저 움직이는 습관은 아마 그때부터 몸에 스며든 것 같다. 덕분에 표정과 기류를 읽는 데는 제법 능숙해졌지만, 그 능숙함이 오히려 나를 작은 상자 안에 가두게 만들기도 했다. 저무는 밤에 떠오르는 생각들은 새벽이 찾아올 때까지 방을 떠돌아다녔다. 가만히 있으면 마음이 서서히 땅속으로 가라앉았다. 어떤 날은 그 깊이가 발목까지, 어떤 날은 목덜미까지 차올랐다. 아무것도 하지 않으면 몸이 아니라 존재 자체가 작아지는 것 같았다. 그래서 무엇이든 손에 쥐어야 했다. 그게 종이 한 장이든 아직 시작도 안 한 프로젝트든 상관없었다. 중요한 건 결과가 아니었다. '하고 있다'는 그 얇은 줄 하나가 나를 간신히 일상에 발이 닿을 수 있도록 매달아놓았다. 마치 빛 한 점 보이지 않는 터널 속에서 무작정 손을 휘젓는 심정이었다. 어딘가에 닿기 전까지는 멈출 수 없었다. 돌이켜보면 그런 불안이 나를 이토록 부산에 그리고 바쁘게 묶어둔 게 아닐까 싶다. 부산이라는 도시가 아니라 늘 무언가로 가득 채워야 하는 이 마음이 마치 빈 파

불안과 바다

도소리를 견디지 못하고, 계속 돌멩이를 던져 물결을 일으키는 사람처럼.

  5년 전, 그 때의 나는 마치 한 장만 남은 달력처럼, 더는 넘길 수 없는 나날의 끝자락에서 서성이고 있었다. 하루하루는 여전히 제 시간에 흘렀지만, 어딘가에서 실이 툭 끊어진 듯했다. 겉으로는 멀쩡해 보였지만, 마음 한 귀퉁이는 작은 균열로 시끄러웠다. 그 소음은 낮에도 밤에도 불도 꺼도 꺼지지 않았다. 결국 나는 잘 다니던 직장을 내려놓았다. 매일 아침 같은 잔에 따르던 커피, 창밖으로 보던 똑같은 거리 그 모든 익숙함을 제자리에 남겨둔 채, 나는 하늘길로 14시간이나 떨어진 뉴질랜드로 향했다.

  그 결정은 충동과 계산 사이 어딘가에 놓여 있었다. 다만 분명한 건 그 선택이 하루아침에 나온 게 아니라는 사실이었다. 아무도 나를 모르는 곳으로 가야 비로소 나를 알 수 있을 것만 같았다. 타인의 시선이라는 얇은 막이 걷히지 않는 한, 나는 끝끝내 내 얼굴을 마주하지 못할 거라는 막연한 확신이 있었다. 그러니 그 여행은 도피이자 모험이었다. 그 두 단어 사이의 경계에서, 나는 겨우 나를 견디게 해준 최소한의 용기를 붙잡고 있었다. 비행기 표를 결제한 날, 모니터 속 하늘빛이 이상하게도 더 짙게 모였다. 짐을 싸는 며칠 동안 나는 여권을 가방 속에 넣었다 꺼냈다 하면서도 실감이 나지 않았다. 마치

불안과 바다

갑자기 인생의 페이지를 통째로 찢어내고, 전혀 다른 장면을 붙이는 기분이었다.

  뉴질랜드에 도착하던 날, 공항 유리창 밖으로 보이던 장면 부산과 전혀 다른 냄새를 품고 있는 듯 했다. 공기가 더 맑고, 빛은 조금 더 부드러웠다. 숙소를 향하는 택시 창밖으로 스쳐가는 거리엔 이름 모를 나무들이 줄지어 있었고, 표지판의 글자는 모두 낯설었다. 그 낯섦이 내 마음을 서서히 감쌌다. 낯선 숙소에 도착했을 때 방 안에는 아무 장식도 없는 흰 벽과 아직 주인의 체온이 남아 있는 듯한 가구들이 있었다. 나는 천천히 나의 익숙한 물건들로 그 공간을 채우기 시작했다. 책상 위에 매일 쓰기로 한 일기를 올려두고, 가져온 컵을 노트 옆에 놓아 두었다. 익숙한 물건 몇 가지만 있으면 어디에 있어도 몇일만 있다보면 우리집이 된다. 아침이면 유리창 너머로 부드러운 햇빛이 방 안을 가득 채웠다. 한국보다 천천히 흘러가는 시간 속에서 사진첩 속에 천천히 이 곳을 채워갔다. 가까운 공원을 걸을 때면 발 밑의 흙길이 살짝 푹신하게 느껴졌다. 집 앞 마트에서 과일 하나 사는 매일이 새롭고 신선했다. 그 곳에서 나는 조금씩 내가 어디에 있든 결국 나만의 리듬을 만들어간다는 걸 알았다. 하지만 그 리듬 속 깊은 곳에는 여전히 '왜 여기까지 왔을까'라는 질문이 잔물결처럼 출렁이고 있었다. 그리고 나는 그 답을 찾기 위해 더 천천히 걷기로 했다.

불안과 바다

-

  사실 뉴질랜드에 도착하자마자 가장 먼저 마주한 건, 내가 그토록 그리던 해방감이 아니었다. 공항 문을 나서는 순간 차갑지고 덥지도 않은 공기가 얼굴을 스쳤다. 바람 속에는 풀잎 냄새와 바닷물 냄새가 희미하게 섞여 있었지만 그 향이 나를 환영하는 듯 느껴지진 않았다. 어디서든 웃으며 사진을 찍는 여행자들의 모습이 주변에 가득했지만, 내 현실은 달랐다. 눈 앞에는 아무것도 없는 것 같았지만 발을 떼면 곧 부딪힐 것 같은 투명한 벽이 서 있었다. 새로움이 주는 설렘은 길어야 사흘 남짓이었다. 그 뒤를 이어 찾아온 건 오래된 우물처럼 깊고 조용한 고독이었다. 물 한 방울 떨어지는 소리조차 들리지 않는 우물 속, 나는 그 곳에 홀로 내려앉아 있었다. 처음 며칠은 모든 것이 낯설고 신선했다. 거리 위로 길게 늘어진 영어 간판들, 낯선 나무들이 그림자를 드리운 이국적인 골목, 카페 앞에 앉아 속삭이듯 대화를 나누는 사람들의 목소리, 그 모든 것이 마치 새로운 인생의 첫 장을 조심스레 넘기는 기분을 주었다. 그러나 얼마 지나지 않아, 그 모든 낯섦은 하나의 침묵이 되었다. 길가의 간판은 더 이상 특별한 모양이 아니었고, 공원의 나무들도 이름 모를 낯선 존재가 아니라 그냥 나무가 되었다. 그 침묵은 잔물결처럼 번져 내 마음 구석구석을 서서히 잠식했다. 혼자라는 사실이 처음엔 편했다. 아무

불안과 바다

도 내 이름을 부르지 않고, 아무도 나를 모르는 곳에서 나는 마치 백지 위에 놓인 점 하나처럼 가벼웠다. 그 점은 바람에 날려갈 만큼 작았고, 동시에 아무것도 그리지 않은 종이 위에 홀로 찍혀 있는 단단함도 가지고 있었다. 그런데 시간이 흐를수록 그 고요가 점점 두려워졌다. 그곳엔 위로도, 핑곗거리도 없었다. 하루의 무게를 나누어 들어줄 사람도, 사소한 불안을 덮어줄 소음도 없었다. 결국 내가 마주하게 된 건 '나 자신'이라는 이름의 텅 빈 방이었다. 그 방 안에는 가구도, 창문도 없었다. 벽은 매끈하고 차가웠으며, 아무리 걸어도 출구가 보이지 않았다. 나는 그 방 한가운데 서 있었고, 내 숨소리만이 벽에 부딪혀 돌아왔다. 그제야 알았다. 내가 이 먼 곳까지 온 건 새로운 풍경을 보기 위해서가 아니라, 이 방의 존재를 확인하기 위해서였다는 걸.

뉴질랜드에서의 삶은 유난히 느리게 흘렀다. 시계의 초침이 가끔 멈춘 듯, 하루가 조금 길어졌다가 다시 이어지는 기분이었다. 시간은 분명 넉넉했지만, 이상하게도 내 마음만은 늘 앞서 달렸다. 무엇인가를 해야 한다는 압박, 무언가를 증명해야 한다는 강박이 하루 종일 내 뒤를 밟았다. 낯선 하늘 아래에서도 불안은 여전히 내 그림자였다. 아침에 눈을 뜨면 창밖의 공기가 부드럽게 스며들었다. 하지만 그 평온함 속에서 머릿속에는 같은 문장이 떠올랐다. "여기서 뭘 해야 하지?" 그 질문은 이 곳의 햇빛처럼 매일 내 곁에 있었다. 커튼 틈새로 들어온 빛이 바닥에 사각형을 그릴 때도, 저녁 무렵 주황빛으로 변한 하늘을 바라볼 때도, 심지어 밤에 불을 끄고 누웠을 때도 그 질문은 사라지지 않았다. 답은 오지 않았다. 그저 하루가 희미한 의미 속에서 덧칠되듯 겹겹이 쌓여갔다. 그리고 어느 순간 나는 그 무채색의 나날에 익숙해져 있었다. 색이 없다는 사실조차 잊고 살아가는 사람처럼.

그러던 어느 날이었다. 오클랜드의 골목 어귀에 있는 작은 카페. 나는 창가 자리에 앉아 평소처럼 커피를 마시고 있었다. 잔 위로 피어오르는 김이 유리창에 닿아 작은 물방울로 맺혔다. 창밖은 오후의 햇살로 반짝였고, 바람은 유리창을 가볍게 두드리며 스쳐갔다. 그 때 정면에서 천천히 걸어오는 노부부가 눈에 들어왔다. 두 사람은 손을 꼭 맞잡고, 마치 세상에 둘만 있는 듯 나란히 걸어왔다. 그 손은 말 없이도 많은 것을 이야기 했다. 같이 견뎌낸 계절, 그 계절마다 찾아왔을 고난과 기쁨, 그리고 여전히 서로를 붙잡고 있는 지금까지. 나는 그 순간 무언가가 떠올랐다. 마음속에서 오래 잠들어 있던 무언가가 천천히 고개를 들었다. '나는 지금 무엇을 찾으려고 이렇게 멀리까지 온 걸까' 그토록 많은 것을 버리고, 그토록 많은 것들을 떠나와서 내가 바란 건 정말 '새로운 나'였을까? 아니면 '내가 아닌 무언가'였을까? 그 질문은 대답을 요구하지 않았다. 다만, 내 안에서 오래 눌러두었던 외로움과 막막함에 조용히 손을 얹었다. 마

불안과 바다

치 오래 잠긴 상자의 뚜껑을 살짝 열어주는 것처럼. 나를 조심스럽게 꺼내 주었다. 그 순간, 아주 느닷없이 떠오른 건 부산의 바다였다. 뉴질랜드의 고요한 바람 속에서 익숙하지 않은 언어와 익명의 거리들 틈에서 마음 한 구석이 출렁였다. 그 바다는 언제나 나를 이상하게 끌어당겼다. 수없이 떠나겠다고 마음먹었지만, 매번 그 끝자락에서 멈칫하게 만들던 파도소리. 누구보다 자유롭고 싶었던 내가 어쩐지 그 곁을 맴돌며 망설이게 만들던 그 바다. 그토록 벗어나고 싶었던 도시였고, 내 가능성을 가둬두는 듯한 감정을 품게 했던 곳이었지만, 결국은 다시 돌아가고 싶은 그리움처럼 남아 있는 장소였다. 그래서 나는 돌아왔다. 다른 누가 아니라, 내가 선택해서 내가 원해서. 돌아온다는 건 실패나 포기가 아니라, 삶이 다시 자신의 궤도로 돌아오는 과정일 수 있다는 걸 그제야 알았다.

부산에서의 두 번째 삶은 처음보다 훨씬 조용했고, 훨씬 복잡했다. 익숙한 거리를 다시 걷는 일은 오랜만에 꺼내든 노트 위에 지난 글씨를 덧그리는 것처럼 어색하면서도 자연스러웠다. 나는 그 이후로 여러 궤도를 그렸다. 개발자로 일했고, 그 일을 내려놓은 뒤에는 강사로도 일했다. 강의실에서 마주한 수많은 얼굴들 속에서, 굳이 나를 설명하지 않아도 되는 편안함을 배웠다. 그 속에서 조심스레 내 언어를 되찾기 시작했다. 최근에는 마음이 통하는 사람들과 작은 모임을 만들었다. 특별

할 것 없는 이름의 모임이었지만, 그 안에서 나눈 대화는 특별했다. 마주 앉아 나눈 이야기들은 하나하나가 무언가를 끄집어내고, 다독이는 일이었다. 어떤 말은 오래 묵힌 고민을 꺼내게 했고, 어떤 침묵은 그 어떤 위로보다 깊게 스며들었다. 웃음이 오가고, 때로는 조용한 침묵이 흘렀다. 그 속에서 나는 부산이라는 도시를 조금씩 아주 조금씩 다시 바라보기 시작했다.

권민수

instagram. ought_selfie

표류인간

권민수

 광안리 해수욕장에 12m짜리 고래가 떠내려온 날, 나는 친구의 빈소에 앉아 있었다. 친구의 휴대전화 비밀번호를 알고 있다는 이유였다. 고등학교 때부터 우리 둘은 온갖 비밀번호를 공유해왔다. 10년도 더 지난 그때의 기억은, 내게도 어렴풋하지만 석원의 누나는 용케 기억했다.
 덕분에 경찰과 가족들은 조그만 액정 앞에서 씨름을 끝낼 수 있었다. 불려온 나는 그들의 발치에서 추레한 복장으로 앞손과 뒷짐만 민복했다. 공긴을 축내는 기분이었다.

 그때까지도 난 거기가 석원의 빈소인지 알지 못했다. 그저 A병원으로 나올 수 있느냐는 누나의 연락을 받고 나왔을 뿐이다. A병원은 석원이 다니던 독서실 근처였기에, 셋이서 술이나 먹나 싶었다. 나는 반바지와 슬리퍼 차림으로 누나에게 손인사를 건넸다. 석원은 보이지 않았다.

곱게 손질돼 윤기 나던 누나의 생머리는 1년 새 단발이 되어 있었다. 땀에 눌어붙은 앞머리칼 사이로 얇은 눈썹선이 보였다. 흰 피부는 그을렸고, 빠진 볼살 사이로 광대가 드러났다. 소방관을 준비한다 했던 것 같다.

누나는 인사치레도 없이 석원의 폰 비번을 물었다. 황당한 질문이다. 알긴 아니까, 끄덕였다. 누나는 병원 안으로 들어갔다. 석원이 사고를 당했나? 그리고는 지하로 내려갔다. 장례식장 수납실 옆에는 석원의 부모님과 경찰 두 명이 서 있었고, 아직 장례식장 모니터에는 석원의 사진이 없었다.

"고인의 사망 경위를 확인해야 해서 폰 비밀번호가 필요합니다. 협조 좀 부탁드립니다."

내 또래로 보이는 순경 하나가 낮게 말했다. 느지막이 등줄기가 뻣뻣해졌다.

* * *

추측컨대, 석원의 사인은 자살이었다. 그의 방 책상 위엔 폰, 카드, 포스트잇 한 장이 덩그러니 있었다. 포스트잇에는 은행 계좌의 비밀번호가 적혀 있었다. 그 외 짐은 모두 사라져 있었다. 태초의 모습을 되찾은 방엔 인기척이 남아있지 않았다.

표류인간

오늘 아침, 그의 방문을 연 누나는 영문 모를 상황을 따질 생각으로 그에게 전화를 걸었다. 책상 위 석원의 휴대전화가 덜덜 떨렸다.

때때로 사람들은 가까이 있는 것을 보지 못한다. 시야 안에 있기에 구태여 들여다볼 생각조차 하지 않는 것 같다. 그러다 놓쳤다는 생각이 들면 서슬 퍼런 기분이 밀려온다. 발밑 지뢰를 알아챈 기분이다.

그때부터 누나는 석원이 건져 올려진 오후 6시까지, 각종 '있을 만한 곳'을 돌아다녔다. 맨발에 컨버스를 신고 뛰어다녀 뒤꿈치는 다 까졌다. 피가 새하얀 뒤축을 물들였지만, 그녀는 보지 못했다. 사람은 보지 못한 것을 느끼지 못한다.

석원은 부산 시내를 가로지르는 S강 하류에서 발견됐다. 그곳은 이따금 짠내가 올라올 만큼 바다와 가까운 곳이다. 해운대와 광안리 사이로 뻗어 있고, 강변 따라 산책로가 있어 항상 사람들이 즐비했다. 한때 그와 자주 걸은 곳이다. 불법 민물낚시꾼에게 발견된 시체는 신고 20분 만에 건져 올려졌다. 장마가 걷히고 햇볕이 쨍쨍한 날, 유속이 느린 덕에 시체는 다리 밑 구조물 경사면에 걸쳐 있었다.

시체는 매우 온전했고, 지니고 있던 물건은 신분증뿐이었다. 비닐 지퍼백 두 겹에 봉해진 주민등록증은 또다시 지퍼를 꽉 채운 호주머니 속에 있었다. 자신을 알아주길 바랐던 걸까, 시체를 수습해 줄 사람들에 대한 배려였을까. 대책 없이 착한 그놈 성격을 생각하면 둘 다 거나, 후자겠지.

 신원 파악은 빠르게 이루어졌다. 신고자, 구조대, 경찰, 병원, 관공서 간 몇 차례 대화 및 통화가 오간 후, 경찰이 가족에게 연락을 취했다. 받아야 할 번호와 보이스피싱을 구분할 줄 모르던 부모님이 전화를 받지 않자, 누나에게 연락이 갔다.

* * *

 장정 둘이 들러붙고 나서야 석원은 뭍으로 올라왔다. 그날, 송 순경은 두 번째 시체를 처리하는 참이었다. 두 차례 모두 밥을 먹으려 할 때 출동이 걸렸다. 아침엔 웬 고래 때문에 오후까지 땡볕에 익었고, 저녁엔 어느 청년의 시체가 송 순경의 수저를 내렸다.

 송 순경은 따뜻한 강물에 젖어 반들반들한 얼굴과 신분증 사진을 대조해 보았다. 외꺼풀에 두툼한 입술. 굳게 다문 입술은 핏기가 없었다. 시체를 본 것은 처음이었지만 사진과 동일 인물이라는 건 확실했다. 다만, 사진보다 부어있는 모습이다. 송 순경은 굽혔던 허리를 폈다.

 송 순경은 같이 시체를 건져 올린 구조대원에게 물었다.

 "어우, 시간 좀 됐나 봐요. 물을 좀 먹은 것 같은데?"

 "그냥 고인이 조금 건장하신거죠. 돌아가신 지는 얼마

안 된 것 같고."

구조대원은 석원의 둔덕한 뱃살 위로 말려 올라간 상의를 내려주었다.

"사고사일까요? 아니면 자살?"

대원은 석원의 옷매무새를 갈무리하고 일어섰다. 대원도 허리춤까지 폭삭 젖어 있다.

"신발도 다 신고 있고, 부러진 흔적도 없고…… 뭐, 1년에 한두 번씩 있어요. 강 따라 올라가면 다리 많으니까."

"자살이네요?"

대원은 대꾸 없이 눈을 들어 송 순경을 보고는 구급차로 향했다. 아무 소리도 들리지 않았지만, 한숨 내쉰 듯한 얼굴이다. 송 순경은 객쩍었던 말에 아랫입술을 깨물었다.

송 순경은 지퍼백에 묻은 물을 털었다. 94년생. 그보다 세 살 위였다. 생각보다 훨씬 젊다. 제 또래로 느껴지자, 이 사람도 얼마 전까진 살아 움직였겠구나 싶었다. 지금의 석원은 잘 만든 더미 같았다. 좀 무거운 더미.

물 묻은 손을 천천히 바지에 닦았다. 장갑을 꼈어야 했나 싶어 겨드랑이에 양손을 넣고 팔짱을 꼈다. 둑 위에서는 선배가 담배를 피우며 여기저기 전화를 하고 있었다. 한참을 떠들다가 안경 벗어 액정 보고, 다시 또 떠들다가 안경을 올리고 번호를 눌렀다. 그러다 마지막 전화를 할 때는 담배를 비벼 끄고 어깨를 굽히며 조용히 대화했다.

 송 순경은 오싹함과 왠지 모를 죄책감 사이에서 의무감을 택했다. 팔짱을 풀고 자세를 고쳐 섰다. 산 사람 앞에서 예의를 차리는 것도 힘든데, 죽은 사람과 산 사람 사이에서는 어떻게 있어야 할지 혼란스러웠다.

* * *

"그, 자살로 판단됩니다. 폰에도 별다른 건 없고, CCTV 장면도 추가로 확인되었고요. 5시쯤 B대교에서 돌아가신 것으로 보입니다. 추가로 수사나 부검은 없을 겁니다."

 또래 경찰이 기어가듯 말했다.

 어머니는 그 자리에 무너져 울부짖었고, 아버지는 눈두덩을 감싸 쥔 채 떨었다. 간신히 그의 몸을 지탱하고 있던 왼팔은 위태로워 보였다. 부모님과 떨어져 앉아 있던 나와 누나는 고개를 숙였다.

 "어머님, 저희 가보겠습니다."

 순경이 어쩔 줄 몰라 하자, 나이 좀 있어 보이는 경찰이 울부짖음 사이로 인사한 뒤 자리를 떴다. 나는 울고 있는 가족들 사이에 덩그러니 남겨졌.

 내장을 끊는 참척의 고통 속에서, 쏟아져 나온 내장을 다시 담으려는 듯 어머니는 바닥에 퍼져 두 팔을 허우적거리셨다. 그녀의 악다구니가 지하를 메웠다. 괴성에 가까운 파열음이었다. 아버지를 지탱하던 왼팔은 끝내 꺾였다. 사지가 풀린 아버지는 의자 팔걸이에 몸을 기댄 채 연거푸 마른세수를 하셨다. 주름진 눈꺼풀을 비집고 나온 눈물이 손바닥을 금세 눅눅케 했다. 검은 옷의 행인들은 공간에서 얼른 벗어났다. 승강기를 기다리던 조문객들은 계단으로 향했고, 담배를 만지작거리며 나오던 상주는 빈소 안으로 다시 들어갔다.

히끅히끅대던 누나는 고개를 들어 말했다.

"성현아, 들어가도 돼."

하고 싶은 말은 많았지만, 입이 움직이지 않았다. 입을 열어도, 목구멍이 떨리지 않았다. 그들 앞에서는 위로도, 애도도, 나의 슬픔도 모두 오만처럼 느껴졌다. 내가 할 수 있는 건, 두 경찰처럼 자리를 뜨는 것뿐이었다.

아주 작게 "응"이라고 말하며 몸을 일으켰다. 몇 걸음 뒤, 그들이 내 쪽을 보지 않고 있는 걸 확인하고서야 계단을 올랐다.

* * *

집에 도착했을 땐, 짧은 땅거미 끝에 완전히 해가 져 있었다. 거실의 덥고 눅눅한 공기를 지나, 불도 켜지 않고 내 방 침대에 바로 누웠다. 제습기와 에어컨을 켜려는데, 얼핏 사치처럼 느껴졌다. 에어컨 리모컨만 침대 머리맡에 두고 베개에 얼굴을 덮었다.

동생이 방문을 열었다.

"오빠, 뉴스에서 고래 봤나? 개 크던데, 지금 보러 갈래?"

답하지 않았다.
"어디 아프나?"
 동생은 의례상 한마디를 마지막으로 문을 닫았다.
 별안간 소란스럽더니, 엄마와 동생은 광안리에 고래를 보러 나갔다. 집에 혼자 남은 게 느껴지자, 몸을 돌려 천장을 바라보았다. 눈물이 흐르지 않는다. 태엽이 멈춰 생각도 흐르지 않았다. 가까스로 어금니에 힘을 풀자 관자놀이가 땡겼다. 그렇게 꽤 오랜 시간이 지났다. 시계를 본 건 아니지만 그렇게 느껴졌다.
 뜬눈으로 어두운 시간을 보내다 보니, 암적응되듯 사고가 어둠에 젖어들었다. 문득 석원의 웃던 얼굴이 떠올랐다. 외꺼풀이 무지개를 그려 두 눈이 똑같아지던 눈웃음, 학교 매점, 계산을 앞두고 하는 가위바위보. 석원은 이겨도 사주곤 했다.
 그다음 찾아온 생각은 무의식적인 반추다. 무의식적이기에 기억에 남지 않고, 반추하는 것이기에 이미 몇 번이나 곱씹은 생각들이다. 끄집어내고 싶지 않은 생각들이 식도를 타고 올라온다. 콱, 토악질로 뱉어내고 싶은 생각들이지만, 뒷생각은 앞생각을 양분 삼는지라, 쓰고 더러운 줄 알면서도 다시금 삼킨다.

 왜 죽은 걸까.
 나는 뭘 보지 못했고, 뭘 느끼지 못한 걸까.

* * *

표류인간

석원은 고등학교때부터 인기가 많았다. 사춘기 남정네들의 날선 어리숙함을 조율할 줄 알았다. 나로서는 생각하지 못한 온갖 것을 신경 쓰고 배려할 줄 아는 친구였다. 다만, 가끔 의외의 지점에서 모두를 놀라게 하곤 했다. 극도의 배려 끝에 사건은 터졌다. 그 때 세상은 석원을 '호구' 혹은 '별종'이라고 불렀다. 주변을 위해 자신을 홀대하는 것이 너무도 당연한, 그런 회로를 가진 놈이었다. 고등학교 땐 세상이 그에게 너무하다고 생각했다. 그리고 22살의 가을, 내가 틀렸나하는 의문이 들었다.

 입대 전의 나는 여행 경비나 모아볼 셈으로 아파트 상가 분식집에서 알바를 시작했다. 말이 아파트 상가지, 학교 근처에, 홀 좌석도 많아, 일거리가 참 많았다. 예상 외의 격무로 알바들은 곧잘 도망쳤다.
 퇴사에 이골이 난 사장님은 기존 알바들의 인맥을 적극 활용했다. '친구 중에 쌈박한 놈 없냐'는 부탁에 가장 먼저 떠오른 사람은 석원이었고, 그는 기대 이상으로 쌈박했다. 일 잘하는 건 당연했고, 잘함에도 겸손하니 실수해도 밉지 않았다.
 석원 입사 후로, '저기', '님', '씨'로 불리던 알바들은 서로의 오빠, 동생, 친구가 되었다.

 알바들과의 술값으로 여행 경비를 탕진하던 나날, 석

원과 내가 마감 담당인 밤이었다. 같이 일한지 반 년이 넘어 마감 청소는 금방 끝났다. 조리화를 벗었다. 사장이 문을 열고 들어왔다.

"고생했다, 얘들아. 석원아, 혹시 저번주 금요일 마감 누가한지 아나?"

인중과 턱을 긁으며 이야기하셨다. 말씀이 잘 안 들렸다.

"죄송합니다, 사장님."

석원의 입에서 생뚱맞은 대답이 나왔다. 나는 우문현답인지, 현문우답인지 몰라 벙쪄있었다. 둘은 잠시 매장 밖으로 나갔다. 유리창 너머 석원은 연거푸 허리를 숙였다. 마주선 사장의 손이 중국 무술처럼 현란하게 허공을 찔렀다. 답답함과 대련하는걸까. 5분쯤 이야기 하다가 석원은 그대로 집에 갔다.

"하이고, 성현아. 이게 무슨일이냐."

어제는 공과금, 음료, 세제 등 각종 대금을 치르는 날이었다. 납부 후, 내역을 정리하던 사장은 저번주부터 예비금 20만원이 빈다는 사실을 깨달았다. 돈이 빠진 날은 여진과 석원 둘이서 마감한 금요일이었다. 사장은 여진보다는 석원을 더 믿었기에, 여진이 어쩌다 그랬는지 물어보려고 가게를 들렸지만, 예상 외의 자백을 마주한 것이다.

"석원이가 급전이 필요해서 꺼내썼단다, 이, 말이 되나?"

되도 않는 말이었다. 순수한 의문이 당혹감을 압도했

다. 듣는 사람을 바보로 만드는 답은 현답인가? 사장이 쿵푸로 맞설만했다. 싹싹한 놈이 왜 그랬냐, 급전이 필요하면 가불을 받지, 집에 무슨 일 있냐 사장은 추궁 대신 호소했다. 하지만 석원은 죄송하다고만 하며 그 자리에서 알바를 그만두었다. 나 역시 이해할 수 없었다. 무슨 급전? 내일 모레 월급날인데? 사장의 푸념을 뒤로 하고 퇴근길, 석원에게 카톡했다. 1은 사라지지 않았다. 알바 단톡에서는 술먹자는 콜이 나왔다. 거기서도 1은 사라지지 않았지만 여진이 나온다고 했다.

* * *

"사장 아까 나한테 전화 왔던데, 뭔 일 있음?"
여진이 내게 물었다. 맨손으로 오징어 튀김을 집어 먹는 모습이 오늘따라 거슬렸다. 생각에 빠진 나 대신 형주가 답했다. 특유의 농담 따먹는 톤이다.
"전화 오면 좀 받아라. 일부러 안 받았제, 또?"
"당연하지, 백퍼 대타 구하는 건데."

"그런 건 막내가 좀 받아야지, 내나 형들이 대타 뛸 순번이가? 근데 난 전화 안 왔던데."
"못 미덥나 보지, 오빠는 폐급이긴 해."
"뒤질······"
"여진아, 가게에 돈 20만 원 빠졌다는데, 아는 거 있나."

따지다가 투닥대며 웃는 타이밍에 산통을 깼다. 아, 그거라는 표정의 여진과 무슨 농담인가 싶어 돌아보는 나머지.

"금요일 날 어떤 손님이 가게 영수증이랑 이상한 거 들고 와갖고, 지 튀김 먹다가 막 이빨 깨졌다고, 보험 처리 했는데 치료비 20만 원 부족하다고, 그래서 배상해 줬어."

여진의 말에 형주가 비웃으며 물었다.

"설마 줬나? 아니제?"

"어, 줬는데?"

맥주를 뿜을 뻔한 기훈이 겨우 참는다.

"사장님, 그 사실 알아? 물어보고 준 거야?"

"사장님…… 아실걸? 석원 오빠한테 말하니까 알아서 전하겠다 했는데……"

모두의 미소가 잠시 멈추고, 여진의 목소리도 슬슬 작아진다. 다른 테이블도 마침 조용해졌다. 묵음이 붕 뜬다. 형주의 박수가 짧은 고요를 깨고 놀림이 시작된다. 다시 호들갑이 오간다. 미간에 골이 패인 여진은 두 손으로 입을 가리며 내게 물었다.

"근데 오빠는 그거 어떻게 알았어? 석원 오빠가 말해 준 거야? 사장님이 말했어?"

딱히 대답할 생각도 없었지만, 다른 친구들이 선수 쳐서 대답해 주었다. 대답이라고 하기 뭣한 조롱들이었지만. 니는 무조건 짤렸다느니. 친구들은 겁먹은 여진을 실컷 놀렸다. 어떡하냐는 걱정에 '한 잔 해야지'라 답하는 구경객들. 파도처럼 마셔 대는 청춘들 사이에서 나는 부표처럼 제자리에 머물렀다.

그렇게 몇 번의 건배가 지나고, 친구들은 담배 피러 나갔다. 테이블 위 잡동사니들이 의미를 잃는 것처럼 보였다. 안주는 장식이 되었고, 술은 액체가 되었다. 구겨 놨던 휴지가 꽃피듯이 피어오른다. 불가역적인 균열감이 느껴졌다. 나는 흡연하던 친구들에게 건성으로 인사하고 자리를 떴다.

* * *

석원과 연락이 닿은 건 그로부터 세 달 뒤였다. 그동안 연락 못 받아서 미안하다고, 기프티콘과 함께 답장이 왔다. 난 서운한 반가움에 욕지거리를 퍼부었다. 그는 또 선물 줄 게 있다며 한번 보자고 했다.

다음 날 우리는 카페에서 만났다. 그는 양손에 종이백을 가득 든 채 걸어왔다. 내가 어깨를 한 대 후려치자, 배시시 웃었다. 종이백 안에는 호랑이가 그려진 연고와 밀크티 세트들이 있었다.
"알바 애들한테 좀 전해줘."
"미친 새끼, 여태 어디 있었는데?"
"가족이랑 교회 사람들끼리 동남아 봉사활동 다녀왔

어."

 그는 일정이 꽤 길어 안 가려고 했지만, 청년부 한 명이 빵꾸가 나서 자기가 대신 갔다고 했다. 들고 온 선물들은 더운 나라에서 사 온 것이었다.
 "야, 그러면 알바 애들한테 말이라도 해주지. 그리고 알바 그만둘 때 구라 치고 나간 건 뭔데."
 석원의 사람 좋은 웃음.
 "그냥, 난 알바 곧 그만둘 거였고. 여진이는 첫 알바기도 하고. 애들끼리 친하기도 하니까. 내가 대신 빠지는 게 좋잖아."
 내 머리로는 맥락이 안 잡히는 답변이었지만, 어디서부터 물어야 할지 몰라 입을 다물었다.
 석원은 커피잔을 휘저으며 물었다.
 "애들은 알바 그대로 하고 있어?"
 퍽이나 그대로 하고 있겠다. 여진은 사장님과 대화로 풀었지만, 얼마 안 가 그만뒀다. 아무래도 눈치가 보였을 것이다. 여진과 석원이 빠지고 나도 슬슬 알바 시간을 줄이자 애들은 연락이 뜸해졌다. 스쳐 가는 인연이 그런 거지. 애들 선물 사 온 김에 연락 한번 해보라고 하자 그는 고개를 저었다.
 "그렇구나, 애들 선물 전해줘."
 석원은 입꼬리를 슬쩍 올렸다. 한 번도 본 적 없는 표정이었다. 직선으로 흩어지는 시선 속에는 따뜻함과 거리감이 엇갈렸다. 웃고 있지만 속내를 내어 주지 않는 미소다. 회한을 애써 넘기는 자조, 그 너머에는 냉소도 느껴졌고, 그다음은 안 보인다. 기능적인 얼굴 뒤에 무엇이 있는지 알 겨를은 없다.

 이때부터 나도 이 놈을 별종으로 생각했다. 세상 사람들처럼.

   * * *

 집에 돌아온 가족들은 잠깐 떠들다가 각자 잠에 들었다. 고요했지만, 아까와 사뭇 다르다. 눈꺼풀이 여닫히는 소리, 관자놀이 인근에서 꿈틀대던 맥동음 따위가 들리지 않는다. 혼자 있을 땐 메아리 치던 것들이 어느새 침잠했다. 창문 밖에서 쓰레기 수거 차량의 소리가 들린다. 다시 빈소에 가야겠다.

 단정하고 검은 옷을 찾아보는데 겨울 정장뿐이다. 내가 첫 출근한 날은 코가 삐뚤어지도록 추운 날이었다. 옷장을 더 둘러보지만 전부 시원찮았다. 웬만한 옷들은 서울에서 내려올 때 전부 처분한 탓이다. 나는 결국 등짝에 해골 프린팅이 있는 검은 티 위에 정장 재킷을 덮어 입었다. 면접 이후로 처음 입는 재킷이다. 그새 어깨와 허리가 꽉 꼈다. 조의금은 어떻게 해야 하지. 친구가 상주인 장례식은 가봤어도, 친구의 장례식은.

 비상금 상자에서 제각기 접혀 있는 5만 원 권 열 장을 꺼내 안주머니에 넣었다.

 영정을 모신 빈소에만 은은하게 불이 켜져 있고, 식탁

들이 다닥다닥 붙어 있는 접객실은 어두컴컴했다. 신발들은 계시는데 부모님과 누나가 보이지 않았다. 빈소에 들어가 섰다. 영정 사진은 석원의 증명사진이다. 향로 위 잿밥 사이 갓 꽂은 향이 피어오르고 있었다. 영정을 똑바로 쳐다봤다.

 돗자리 위에서 재킷 버튼을 끄르는 찰나, 누나가 접객실 식탁 사이에서 일어났다. 상복을 입고 있었다. 두 눈은 부어 있었고, 오른손에는 석원의 폰이 들려 있었다.
 "왔어?"
 누나는 잠기다 못해 먹힌 목소리로 무언가 더 말하려다 신발을 구겨 신는다. 따라 신는다. 누나는 엘리베이터 대신 계단으로 향했다. 나도 그 편이 좋았다. 반 평 남짓한 철궤짝 안에서 1분의 침묵을 버틸 재간 따위 없었다. 계단을 올라가는 발자국 소리는 누나와 나 사이의 완충재가 되어 준다.

 병원 앞 편의점이 보였다. 야외 테이블의 플라스틱 의자 밑에는 납작해진 꽁초들이 널브러져 있었다. 도어벨 소리가 울리자 엎드려 있던 알바가 일어났다. 이마가 빨갛다. 누나는 도시락 두 개를 집었다.
 "뭐 하나 마실래?"
 누나가 물었다.
 "어? 응."
 누나는 도시락 위에 맥주 두 캔을 올렸다. 내가 5만 원

권들로 번잡한 안주머니 사이에서 카드를 찾는 동안 누나는 재빨리 계산해 버렸다. 밖은 한여름이었지만 썩 버틸 만했다. 테이블은 미지근하고 찐득했다. 의자에 재킷을 걸치고 앉았다. 땀에 절은 등판에 바람이 닿는다. 손에 쥔 맥주 캔에서 물방울이 비직비직 흐른다.

누나는 캔을 따면서 물었다. "부산은 언제 왔어?"
"그냥, 이제 한 달 됐지."
난 캔을 따지는 않고, 물 묻은 손을 허벅지에 비볐다.
"서울 회사는?"
한 마디보다 긴 한 모금이었다. 누나의 한 모금이 끝날 때까지 기다렸다.
"나왔지. 망했어, 회사가."
보통 '내 인생처럼'이라는 자조를 뒷말에 덧붙이지만, 오늘은 입 안에서만 머금었다. 자조가 무례하게 들릴 때 정도는 구분할 줄은 알게 됐다. 4대 보험도 없었던 첫 직장이 내게 준 퇴직금이랄까. 보잘것없다는 점에선 비슷하고, 지급되었다는 점에서는 다르다.
"성현아, 먹어. 그래도 조문 왔는데."
식은 따로 열지 않을 것이라 했다. 아버지께서는 가족끼리 삼일장만 지내자 하셨고, 모두 거부하지 않았다. 딱히 찬성도 하지 않았지만 그렇게 진행됐다. 음료도, 식사도, 도우미도 모두 계약하지 않았으며, 빈소도 가장 작은 것을 하였다. 다만, 장례식장 직원이 수의, 관 등을 이야기하자 아버지는 선뜻 결정하지 못했다. 아들이 마지막으로 입을 옷, 마지막으로 지낼 집을 정하는 것은 아직 40년은 일렀다. 아버지가 망부석이 되기 전에, 누나는 직원에게 가장 많이 선택받은 수의와 관을 추천받고 그대로 결정했다. 나는 첫 조문객이자 마지막 조문객이었다.

 누나가 두 모금째 마시는 동안, 난 도시락을 뜯었다. 푸짐 어쩌구 도시락은 밥만 참 푸짐했으며, 얇고 넓게 깔린 고기는 짜고 자잘했다. 상관없다. 어차피 배고프지 않았다. 누가 먼저랄 것도 없이 각자 사는 말들이 오갔다. 누나는 나름 큰 병원에서 원무 행정을 보다가 그만뒀다고 했다. 그만둔 이유를 묻자 '그냥'이었다. 한 번더 물으면 핑계용으로 준비한 대답이 나올 것 같았고, 다시 물으면 진짜 이유가 나올 것 같았다. 진짜 이유는 대개 전 회사의 찌질하고 옹졸한 대서사시와 함께 서술되므로 더 묻지 않았다. '그냥' 정도가 적절했다. 지금은 소방관을 준비 중이었다. 해가 뜨면 공부했고, 해가 지면 운동하는 삶을 산 지 반년쯤 됐다고 했다.

 이어서 누나는 내 근황을 물었다. 어디까지 알고 있고 어디부터 모르는지 몰라 대충 얘기했다. 침묵은 밥숟갈로 메워 가며 부산 떠난 3년을, 최대한 싱겁게 얘기했다. 졸업 후 서울의 작은 의류 회사에 취업. 캐주얼 남성복과 잡화를 만들어 팔았고, 회사는 취업센터 교수님 지인이 하는 곳이었다. 대표와 카페에서 면접을 봤는데 포트폴리오랍시고 평소 옷 입는 걸 봐야 하니 인스타 게시

글을 보자고 했다. 입고 온 정장 핏은 구린데, 평소 입는 건 쓸 만하다는 평가를 받았다. 합격, 대표를 제외하고 직원은 나 포함 셋이었다. 직함은 모두 MD. 나는 유통, 영업 MD라고 했다. 하는 일은 바깥에서 실장 직함 달고 각종 편집숍과 온라인 플랫폼에 징징거리는 것이었다. 신방과를 나오고 마케팅 부트캠프 경험이 있는 옆자리 친구는 그로스 MD라 했다. 걔가 하는 일은 '브레인스토밍' 회의 시간에 대표에게 욕처먹는 것이었다. 3년 동안 대표와 3명의 중생들은 뭐든 다했다. 남자 반팔은 유니섹스가 되고, 시즌 오프, 얼리 시즌 오프, 미드 시즌 오프, 블랙 월화수목금토일. 그렇게 버티다가 대표가 얘기를 꺼냈고, 사무실은 문 닫았다. 대표는 당장 퇴직금을 줄 수 없으니 고용노동부에서 대지급금을 받으라 했다. 욕받이 MD는 곧바로 신청했고, 나와 다른 MD는 어물쩡거리다 결국 고향으로 내려왔다.

누나는 나 대신 대표 욕을 해 주다가 내 반응이 무던하니 고개만 끄덕였다. 내 이야기는 얼추 밥을 다 먹을 때쯤 끝났다. 누나의 맥주 캔은 진작에 찌그러져 있었.

내가 팔짱을 끼며 말했다. "이 정도면 괜찮지."
"그 정도면 괜찮지."

석원이는, 어떻게 지냈어?
입에 맴돌았다. 말하지 않았음에도 누나는 들은 듯했다. 그녀는 코로 긴 한숨을 뱉었다. 그리고 석원의 폰을 테이블 위에 올려놨다.

표류인간

"모르겠다 성현아."

누나도 알아보려 했겠지. 결과는, 알만 했다.

"성현이 취직한 이후로는 거의 본 적도 없어. 나야 수험생이니까 굳이 먼저 연락 안 했기도 하고."

나도 직접 본 지는 2년이 넘었다. 서로의 생일에 연락이 닿으면 회사 푸념을 잔뜩 했던 기억이 난다. 나 혼자 실컷 비워내고 넌 어떠냐고 물어보면, 석원은 항상 남들 사는 만큼 산다고 했다. 대화가 시들면 우리는 즐거웠던 과거를 추억하며 만남을 기약했다.

"네가 한번 알아볼래? 난 찾아봐도 모르겠어."

누나는 석원의 폰을 내 쪽으로 밀었다. 내 눈앞에 와 있다.

"나도 안 본 지 오래됐는데…… 교회 사람들이랑은 교류 없었어?"

"교회? 무슨 교회?"

"석원이랑 누나랑 다니는 교회."

"우리 집 종교 없는데? 석원이도 교회 가 본 적 없어."

누나는 내가 착각한 줄 알고 미소 지었다. 그리고 뜯지 않은 제 몫의 도시락을 들고 일어나 편의점으로 향했다. 이번에는 알바가 깨어나지 않았다. 누나는 계산된 도시락을 진열대에 다시 가져다 두고 나왔다.

"이거, 안 마실 거지?"

누나가 내 앞의 맥주를 들고 가며 말했다. 테이블 위에는 다 먹은 도시락과 석원의 폰이 있다.

표류인간

"와 줘서 고마워."

누나는 빈소로 돌아갔다.

* * *

송 순경은 백사장에 서 있었다. 호루라기 소리가 터졌다. 또 누군가 출입금지선을 넘어섰다. 곧바로 제지를 당한 그는 경찰과 실랑이를 벌이며 짐벌캠을 들이댔다. 알 권리를 운운하는 고성이 귓전을 때렸다. 인파는 드글거렸고, 저마다 상기된 얼굴이었다. 송 순경은 관광객들의 여유롭고 느릿한 발걸음이 혐오스러웠다.

구청, 해경, 해수부, 환경부. 고래는 알까. 자신의 안위를 걱정하는 부서가 이렇게 많다는 사실을. 각 부서는 제 몫에 맞는, 실상은 최소한의 책임을 떠아기 위해 수년 전의 실무례를 인용해댔다. 갑론을박 끝에 가까스로 해경이 사체 처리를 맡기로 했지만, 당장은 불가능했다. 국립수산과학원 직원들이 시료를 채취하고 현장을 분석할 시간이 필요했다. 그동안의 인근 통제는 경찰 몫이었다. 게다가 부패한 고래 사체가 폭발할 수 있다는 우려로 예상보다 더 많은 인원이 투입됐다.

 나른한 휴가철, 사람들은 부패한 아쿠아리움에 몰렸다. 모든 매체가 고래를 비췄기 때문이다. TV에선 해양대 교수가 해류에 대해 떠들었다. 유튜브에선 1분만에 고래의 생애가 요약되었다. 인스타에서는 리믹스된 아기 상어 노래가 울려 퍼졌는데 배속이 걸려있어 가사를 알아들을 수 없었다. 댓글창은 모두 웃고 있었다. 불행하다던 대한민국 사람들은 어느 샌가 보면 다 웃고 있었다. 카메라가 눈이고, 팔이 삼각대다. 모든 것을 찍고 알려야 증명된다.
"왜 못 들어가요?"
 송 순경은 같은 대답을 한다.
"안 됩니다."
 저 멀리서 알 권리를 외치던 청년은 이제야 조용해졌다. 그들이 알면 뭐가 달라지는지, 속으로 물었다. 물음과 단념, 반복되는 굴레 속에 후자가 점점 힘을 얻는다. 묻고자 하는 말을 가슴 속에 묻고 사는 것도 이제 얼추 할 만했다.
 사람은 묻고, 덮고, 결국 잊는다. 묻은 건 썩고, 고약하게 퍼진다. 사람들은 냄새에 고개돌리면서도 기어이 다시 모여든다. 그러한 음흉함을 단속하는 것은 송 순경과 같은 이들의 몫이었다. 따라서 체념은 그의 고질병이 되었다.

표류인간

문득 송 순경의 머릿속에 어제의 사내가 떠올랐다. 그 남자의 표정은 어땠던가. 시체란 어떤 표정을 짓는 것일까. 송 순경은 고래 쪽을 바라보았다. 머리가 바다를 향해 있어 얼굴은 볼 수 없었다. 이어지던 생각이 표류하거나 부유했다.

* * *

어젯밤 그 경찰이다. 석원의 빈소에서 보았던 또래 경찰이 백사장에서 신발 속 모래를 털고 있다. 경찰차의 경광등이 백사장을 멍들였다. 커피 잔을 내려놓았다. 내려다보이는 광안리의 길거리는 번잡하다. 안이나 밖이나 캐리어를 끌고 다니는 손님들이 붐볐다. 승강기도 없는 4층 건물인데. 사람들의 욕망은 위대한 것이다. 서울에서 온 사람들이 서울에서 볶은 커피를 부산에서 맛본다.

석원의 폰을 열어본다. 기본 바탕화면, 방해금지 모드, 모든 알림은 꺼져있다. 메신저를 들어간다. 카톡들이 쌓여있다. 개인 톡은 없고, 모두 단체 톡방이다. 회사, 군대, 대학, 고등학교. 그를 스쳐간 인연들은 대화방이라는 그루터기에 모여 있다. 내게는 낯선 광경이다. 메모장을 열어본다. 비어있음. 휴지통도 비어있다. 갤러리엔 풍경 사진이 대부분이다. 듬성듬성 길고양이 사진과 음식사진. 유튜브엔 재즈 음악들 뿐이다. 과도하게 정상적인 흔적들 뿐. 죽음은 남겨진 사람의 몫이라고 했는데, 그는 우리 몫을 남겨두지 않았다.

 사람은 보통 어떻게 죽을까. 무난하게 갑작스럽고 무난하게 슬픈 상상. 그 다음까지 생각이 뻗지 않는다. 그까지 염두하고 고민했을 석원을 떠올리니 기분이 좋지 않아졌다. 타이레놀 두 알과 남은 커피를 한꺼번에 털어넣고 자리에서 일어났다. 배낭을 메고 서있던 커플이 내가 일어나는 것을 보고 기뻐했다. 나는 계단을 내려갔다. 인파 속으로 섞여갔다.

* * *

 발인 날 아침, 눈뜨자마자 나는 휴대폰을 붙들고 있었다. 갈까 말까, 정하지 못한 채 멍하니 시간을 흘려보냈다. 누나에게서 문자가 왔다.
'다음에 또 보자. 폰은 그때 돌려줘.'
 오라는 말도, 오지 말라는 말도 아니었다. 빈소에서처럼 애써 조심스러운 말투였다. 답장을 쓰지 않고, 휴대폰을 뒤집어 두었다. 담배를 태우러 집 밖에 나갔다. 아침 햇살은 너무 환했다. 라이터는 짤깍대기만 하고 켜지지 않았다. 편의점을 가는 길, 광안리행 버스가 오는 것이 보였다. 앞문이 열리자 머뭇거리다 버스에 올랐다.
 햇볕에 눌린 파도는 맥없이 흩어졌다. 사람들 사이로

드리워진 밧줄이 고래의 몸통을 옭아매고 있었다. 크레인 팔이 천천히 올라가자, 고래의 몸이 모래를 긁으며 밀려났다. 사체는 이미 단단히 굳어 있었고, 무게가 실릴 때마다 무언가 쏟아지는 소리가 들렸다. 검은 고랑이 생겼다. 바다가 오염된 숨을 토하자 기름막이 번들거렸다.

 고래는 버티고 있는 듯 했다. 무겁게 끌려나오면서도, 몸을 비틀어 다시 바다로 돌아가려했다. 물론 나의 착각이다. 그러나 바다는 멀어지고, 육지의 기계음만이 거세졌다. 지켜보던 몇몇은 박수쳤다. 고래가 끝내 끌려나오는 순간이었다.

 저지선 너머에는 아이를 목마 태운 부모가 있었고, 휴대폰을 머리 위로 뻗은 관광객이 있었다. 사람들의 눈동자는 호기심과 기대감에 유난스레 빛났다. 나는 카페 창가에 앉아 그걸 지켜봤다. 유리창 너머로는 소리가 죽어 있었다. 사람들의 입은 크게 벌어졌다 닫혔지만 아무 말도 들리지 않았다. 무성영화 같았다. 대신 바닷바람에 실려 온 냄새만은 선명하게 코를 찔렀다. 불쾌한 공기가 폐 깊숙이 내려앉았다. 속이 울렁거렸다. 눈물이 차오르는 건지, 단순한 멀미인지 분간이 되지 않았다.
 창문에 비친 내 얼굴이 보였다. 나는 나를 오래 들여다보았다. 무심한 듯, 그러나 무너져 있는 표정. 살아 있으면서도 이미 떠내려 온 얼굴. 분명히 본 적 있는 얼굴.

표류인간

백사장 끝자락에서, 고래가 머물던 자리에 구덩이가 파이고 있었다. 중장비가 모래를 퍼 올리자 물컹한 냄새가 더 진하게 번졌다. 모래를 뒤엎은 자리에 둔덕 몇 개가 남아 있었다. 거대한 생명이 사라진 자리, 흔적들이 남았다. 그가 머물던 자국은 쉽게 지워지지 않았다.

 나는 그 둔덕들을 한참 바라보다가, 언젠가 내가 남길 자리에 대해 생각했다. 판단되고 애도될 처지에 대해 생각했다.
 바람은 다시 짠내를 몰고 왔다. 고개를 돌려 바다를 등졌다. 파도 소리는 여전히 같은 자리에 있었고, 나만 다른 쪽으로 걸어 나왔다.

표류인간

김월가

늘 부산을 떠나겠다고 말하지만, 누구보다 성실히 부산을 누비는 사람. 사람 속에서 이야기를 찾는 일에 진심인 편. 낮달 사진을 수집하고, 카페 탐방이 취미인 낭만 뚜벅이.

온 더 레일

김월가

나는 고양이 네 마리와 함께 남았다. 미미, 구름이 그리고 치즈와 고등어. 그가 나를 가둔 것은 아니다. 단지 내가 바깥 외출을 하고 싶지 않다고 했기 때문이다. 혹시나 혼자 있는 동안 안전을 위해서는 아무래도 잠그는 편이 나을 거라 했다. 그가 집을 나서고도 한참을 침대에 머물렀다. 철제 프레임의 퀸사이즈 침대. 푹신한 매트리스에 흰 침대보. 한 겨울이지만 보일러를 돌리지 않아도 따뜻했다. 반지하임에도 창틈으로 비쳐 드는 햇살이 꽤 눈부시다. 채광이 나쁘지 않다. 이불을 머리끝까지 뒤집어썼다. 낯설지만 기분 좋은 체취가 난다.

승우는 아침 10시 반쯤 오전 타임에 맞춰 배달일을 나갔다. 브레이크 타임인 3시에 집에 다시 들르겠다고 했다. 누워 있을 때는 알지 못했는데, 일어서서 방을 둘러보니 바닥이 온통 모래투성이다. 먼지가 앉은 채로 오래 눌러앉아 원래 장판 색깔을 알아보기 힘들었다. 그는 자신의 가장 성스럽고 깨끗한 곳을 내주고, 소파를 선택했다. 옆에 사람이 있으면 깊은 잠을 잘 수 없다며, 자신이 할 수 있는 최대한의 배려를 해줬다. 잠을 제대로 잤을까? 핸드폰을 켜 트위터 알림창을 보니 내가 잠들고 나서도 오랫동안 글을 쓴 것 같다.

"나의 현생은 트위터라니까요. 침대가 가장 깨끗하니까 웬만하면 침대 밖으로 나오지 마요."

생활감이 없는 집안을 둘러보니 그의 말이 정말인 것 같다. 무질서하다는 말이 더 어울리는 공간이다. 벽에 큰 뿔을 달고 있는 사슴 머리채가 나를 내려다보고 있다. 구름이가 침대로 뛰어오른다. 미미가 뒤따라와 푸닥거리를 한바탕 한다. 공기에 흰색과 회색 털이 섞여 부유한다. 아침 햇살은 털이 우아하게 낙하하는 장면을 만들어낸다.

까치발을 하고 침대에서 내려와 일어섰다. 침대맡에 개켜둔 검은색 니트는 이미 이 고양이 네 남매의 털로 범벅이 되어버렸다. 돌돌이를 찾아냈지만, 그냥 두기로 한다. 옆 방 작업실 한편에는 사계절 옷이 다 몸을 섞어 만든 옷 무덤이 있었다. 한쪽 벽면에는 큰 화면의 모니터와 전자 피아노 건반이 있었다. 먼지가 뽀얗게 쌓여 있다. 그가 음악과 영상을 한다는 말이 거짓은 아니라는 걸 확인한다. 그렇지만 오랫동안 방치된 상태라는 것도.

온 더 레일

천재 예술가는 병적으로 질서를 유지하거나, 무질서 속에 질서를 창조하는 두 부류가 있었지. 나는 방문한 세계를 온전히 느껴 보기로 했다. 승우를 실제로 만난 건 어제다. 나는 어제 서울에 왔다.

  *

 불과 한 달 전만 해도 직장인이었다. 과거형인 이유는 현재는 무직자이기 때문이다. 읽고 쓴 만큼의 결과가 나오지 않자, 커진 것은 머리뿐이라 욕구불만을 늘어놓는 재주만 늘어버렸다. 기록이 곧 존재라고 한다면, 내 현생은 내가 쓴 글의 총합이다. 그런데 한 달 하고도 일주일 전, 내 인생의 한 조각을 같은 회사 동료가 발견했고, 하필 그 글은 생각 없이 배설된 험담이었다. 그는 바로 사장에게 보고했고, 사장은 회사의 이미지를 훼손한다는 그럴싸한 죄목을 나를 해고했다.
 내가 욕한 그 직원이 정말 무뢰한이었느냐면 결코 아니었다. 단지 그날 내 심보가 못됐고, 상한 감정을 어딘가에 풀지 않고는 견딜 수가 없었을 뿐이다. 그의 눈에 띄어 그가 상처받길 바랐던 것은 아니다. 별 볼 일 없는 계약직 직원이 콧대만 높아 매사에 순순히 지시에 따르지 않아 눈엣가시라는 건, 회사 사람이면 누구나 알고 있는 사실이었다. 사장은 자신의 불법적 해고를 인간

적 도리로 덮으려 했다. '올곧은 척하더니, 뒤에서 이렇게 사람 욕이나 하고 다니는 사람'이라던가, '회사 이미지', '직원 간의 불화의 불씨를 제공'했다는 식으로 내 수치심과 죄책감을 자극하는 전략을 택했다. 얼마간은 성공적인 전략이었다. 일주일 동안 집 밖을 나가지 못했다.

자리를 털고 일어난 나는 내 해방구를 들쑤셔 놓은 벌을 주기로 결심했다. 사람을 악하게 만드는 것은 시스템이지 개인의 심성이 아니다. 그럼에도 부당한 행동에는 누군가 책임을 져야 한다. 내 도덕적 징벌은 내가 받아 마땅하지만, 법적 징벌은 사장이 받는 게 마땅했다. 지방노동위원회에 찾아가 부당해고구제 신청을 넣었다. 합의는 생각보다 쉽게 이뤄졌다. 사측 법무팀은 사장의 경거망동이 더 큰 손해를 불러왔기에 적당 선에서 조용히 해결하기를 권했을 것이다. 그렇게 부당해고가 있고 난 뒤 3주 만에, 나는 3개월 치 월급과 퇴직금을 얻었다. 조건은 하나, 다시는 같은 사안으로 문제 삼지 않겠다는 약속.

합의 조정이 성사된 날 나는 유리에게 치킨에 맥주를 대접했다. 나를 엿 먹인 세상에 한 방 먹인 기분이었고, 나는 평소 주량보다 많이 맥주잔을 비웠다.

"차라리 대놓고 욕이라도 하지. 내 대나무숲 홀라당 태우고 발 뻗고 잠은 잘 온대?"

친하게 지냈던 동료인 유리는 고졸로 입사한 최연소

직원이다. 유리는 나이에 비해 세상 물정이 밝았다. 때론 서른 중반에 다다른 나보다 더 눈치가 빠르고, 경제 감각이 있었다. 남직원들이 담배를 피우며 주식 이야기를 할 때 자판기 옆에서 커피를 마시며 귀동냥을 할 수 있을 정도랄까.

"다행이에요. 그래도 합의가 되어서. 이제 뭐 하실 거예요?"

"글 써야지. 창작 지원금이라 생각하고, 뭐든 뽑아내 볼게. 이런 기회가 다시 오겠어? 아니다. 이참에 부산 뜰까."

"에이, 언니 우리 결혼해서 아래 윗집 살기로 했잖아요."

"부산 남자랑은 결혼 안 해. 알잖아."

"누가 부산 남자랑 결혼하래요? 부산에 살자고요."

평소 농담 반, 진담 반 결혼을 한다면 꼭 서울 남자와 할 거라고 말하고 다녔다. 지금은 서울에서 직장 생활은 하는 지훈과 장거리 연애 중이지만, 서울 사람이 맞느냐고 묻는다면 애매했다. 부산 토박이 지훈이 진지하게 청혼한다면 어떨까.

"이왕 이렇게 됐으니 하는 말이지만, 언닌 회사 생활이 안 맞았잖아요. 신이 준 기회일지도 몰라요. 원래 호사다마. 좋은 일이 생기려면 마가 끼게 마련이니까, 좋게 생각해요."

"기회. 맞아. 우선 어디로든 떠날 수 있는 기차표가 생겼으니. 레일이 어디로 향하는지 알려면 달려봐야겠지."
 유리가 차분한 말투로 나를 어르고 있다는 걸 알았다. 유리는 정말 내가 그렇게 살 수 있다고 믿는 걸까. 진짜로. 의심이 병이 된 나는 반 만 그 말을 마음에 품었다.
"새로운 일이 일어나겠지. 정말 그랬으면 좋겠다."
 그날 밤 비상계엄이 선포되었다.

*

 비상계엄이 선포된 날, 가장 먼저 지훈에게 연락했다. 지훈은 1년 전 서울로 이직해 여의도에서 일하고 있었다. 여의도로 출근하는 내일 아침, 출근길은 오늘과는 전혀 다를 것이다. 지훈이 한참이 없었다. 비상계엄을 선포하는 장면은 지극히 비현실적이었다. 갑작스럽게 역사의 한가운데로 시간 여행을 한 듯 현실감이 없었다. 동시에 공분해야 해야 마땅하다고 배웠기에 마음이 다급했다. 상황은 시시각각 급박하게 돌아가고 있는데 대처 요령을 몰라 좌절감을 느꼈다. 반면 계엄을 겪은 세대의 반응은 생각보다 분명했고, 분명하게 양분되는 듯 보였다. 아버지는 연신 '빨갱이'라는 말을 뉴스 화면에 대고 쏘아 댔다.
 지훈은 전날 일찍 잠들었고, 중간에 깨지 않았다고 했다. 밤새 울린 전화, 문자, 메신저를 오전이 되어서야 확인했고, 출근길에 군인이 총을 들고 국회로 들이닥치는 장면을 마주했다고 했다. 내가 뜬눈으로 밤을 지새우는 동안 그는 이 현실에 없었다. 왠지 괘씸했다. 그렇게 가까이 있으면서도 아무런 기척을 느끼지 못했다니. 그보다 더한 건 그의 대응 방식이었다.

"망하려면 좀 빨리 망했으면 좋겠어. 출근 좀 안 하게. 케이 직장인들은 비가 와도 눈이 와도 계엄이 선포되어도 출근해야 해."

점심시간, 나에게 전화할 시간을 간신히 얻은 지훈의 목소리는 평소와 다름없었다. 오히려 직장에서 다들 일이 손에 안 잡혀 뉴스를 보느라 여유가 생겼다고 말했다.

"포고령에 언론 출판의 자유를 금한다는 걸 보고 피가 거꾸로 치솟았다. 사장이 내 글을 검열한 것도 화가 다 안 풀렸는데, 국가가 내 말과 글을 통제한다고 생각하니 끔찍하잖아. 아직도 심장이 벌렁거리네."

목소리가 높아지고 있다는 걸 감지한 지훈은 조금 더 세련된 서울어로 나를 달랬다.

"괜찮아. 그래봐야 서울에 있는 우리가 먼저 죽지. 부산은 안전하니 진정해."

그 말이 내 신경을 건드렸다. 틀린 말도 아니고, 나를 진정시켜 주려는 의도라는 것도 알지만, 어쩐지 강 건너 불구경해도 별일이 없을 거라는 소리로 들렸다. 게다가 '가짜 계엄이지 않느냐'라는 말은 마음을 더 어지럽혔다. 무엇이 현실인지 요즘 들어 도통 확신이 들지 않는

온 더 레일

다. 내가 올라탄 운명의 기차는 어디로 가고 있는 걸까. 기차표에는 시간만 찍혀있고, 목적지가 없다. 그러고 보니 기차 레일은 내가 깔아 놓은 것이 아니지 않은가. 이 길이 자유로 향한다는 보장은 사실상 없는 셈이다.

*

 퇴사와 함께 블로그를 폐쇄하고, 한동안은 일기장에 자필로만 글을 썼다. 그러나 독자가 없는 글쓰기는 의미 없게 느껴졌다. 내가 텍스트로 만들어진 물질이라면, 내가 숨 쉬고 살아있는 존재가 되기 위해서는 나를 읽어줄 독자가 필요했다. 내가 다시 태어날 곳으로 택한 곳은 트위터였다. 트위터(일론 머스크가 엑스라는 이름으로 바꿔버렸지만) 또 다른 생을 선사한 곳이었다.
 이번엔 더욱 철저히 실생활과 분리하기 위해 신중히 나름의 원칙을 세웠다. 팔로우를 불리는데 욕심을 버릴 것. 의견이 다른 누군가를 굴복시키기 위해 설전을 벌이지 말 것. 내 정보를 노출하는 것에 보수적일 것.
 12월 3일 이후, 나는 실시간 뉴스 방송을 틀어 두었고, 트위터에 올라오는 새 뉴스를 기다리며 타임라인 새로고침을 반복했다. 그날 밤, 취침을 준비하다 말고, 국회 의사당으로 곧장 달려간 시민들 덕분에 모든 것이 실시간으로 전달되었다. 그 정보는 지역을 가리지 않았다. 그날 관심을 가지고 몰두한 누구나 계엄의 밤은 실시간이었다.

'영영'은 실시간으로 국회에 달려가 실시간 상황을 글로 게시한 시민 중 한 명이었다. 평상시에는 자신이 만든 짧은 영상이나, 책을 읽은 후 감상을 남기는 계정이었는데, 그날 후로는 정치 평론 계정이 되었다. 우리가 언제, 왜 서로 팔로우를 했는지는 기억이 나지 않지만 맞팔로우가 되어 있었다. 그날 이후로 그의 게시글을 놓치지 않으려 알림 설정을 해두었다.

무엇보다 사건을 서술하는 그의 풍부한 어휘가 좋았다. 그리고 그렇게 정확하게 자기 생각을 표현할 수 있는 감각, 무엇보다 그럴 수 있는 남자라는 사실에 놀라움을 느꼈다. 그가 가진 머릿속 사전을 훔치고 싶은 마음마저 들었다. '영영'은 내가 기대하는 것만큼 정확하고 명쾌한 단어들로 비상계엄 상황을 파악하고 있었다. 많은 사람의 동감, 공유, 그리고 응원을 받았다.

@00XX_8400 부산에서도 응원을 보냅니다.
@speak_louder95 두 달 전 한강 작가님의 노벨문학상 수상을 기억한다면 이처럼 아이러니한 상황이 있을 수 있을까요. 어디에 있든지 자신의 목소리를 내야 한다고 생각합니다. 할 수 있는 모든 방법을 동원해서요.

울림을 주는 답글이었다. 벅차오르는 감정이 들었지만, 행동할 수 있는 일은 딱히 떠오지 않았다. 개인적으로 가장 고립된 순간에 가장 연대가 필요한 역사적 상황이라니 상상력을 발동시키기 어려웠다. 대신 상황에 주목하고 앞서서 행동하는 사람들을 따라 하기 시작했다. 용기를 내어 트위터 닉네임 옆에 촛불 아이콘을 붙였고 가능한 상황을 전달하는 계정의 소식을 열심히 공유하고 서면에서 열리는 주말 촛불집회에 참여했다. 무심코 지나던 서면 2번가를 따라 사람들의 행렬이 늘어섰다. 그렇지만 전포 대로 끝까지 채우지는 못했다. 시위 내내 핸드폰을 손에 쥐고 실시간 뉴스에 집중했다. 간절한 염원에도 탄핵안이 부결되었다. 탄식의 소리. 그러나 시민들은 끝까지 자리를 지키며 목소리를 높였다. 집으로 돌아오는 길, 상황의 답답함을 토로하는 내 게시글에 영영이 댓글을 남겼다.

@speak_louder95 일상을 보내는 것도 중요합니다. 긴 싸움이 될 테니까요. 잘 먹고, 잘 주무세요.

*

계엄 일주일 차가 되던 12월 10일, 서울 이모부가 돌아가셨다. 이모부는 공장을 관리하시기 위해 혼자 지방에 집을 얻어 생활하셨다. 아침 출근 준비 중에 갑작스럽게 심장마비가 왔다고 한다. 스스로 119에 신고까지

온 더 레일

하시고, 지갑까지 챙긴 이모부는 병원에 도착하기 직전에 숨을 거두셨다고 한다. 허무하고 외로운 죽음이었다. 동시에 깔끔하고 책임감 있는 죽음이기도 했다.

 어머니는 서울 이모와 가깝지 않았다. 자매간에 모종의 다툼이 있었고 왕래가 끊긴 지가 10년이 넘었다. 불편한 자리를 피하고자 어머니는 본인 대신 나를 서울에 보내기로 했다. 공식적으로 서울에 갈 명분이 생겼다. 물론 조문 후에는 지훈을 만난다는 핑계를 대고 하루 묵고 올 것이라는 거짓말을 했다. 내 목적지는 국회 앞이다.

 일정이 정해지자, 나는 영영에게 DM을 보냈다. 지훈에게는 알리지 않았다. 지훈에게 부담을 주고 싶지 않았다. 최근 내 정치적 열심에 대해 걱정하고 있었고, 분명 실랑이가 오갈 터였다. 이상하게 영영에게만은 환영받고 싶었다. 그에게 곧 답장이 왔다. 집회 장소에서 나를 찾겠다고. 오래 알고 지낸 친구처럼 쉽게 약속이 잡혔다.

 집에서 나선 지 다섯 시간 만에 이대 목동 병원에 도착했다. 12시 30분을 조금 넘은 시간. 빈소는 한산했다. 10년 만에 상주복을 입은 사촌 동생들을 마주했다. 상주와 맞절을 한 후 서울 이모와 테이블에 마주 앉았다.

 "그래도 고통은 짧았을 거야." 생각보다 서울 이모는 담담해 보였다. 외가에서는 가장 침착한 성격의 소유자다. 중학교에서 국어 교사로 일하는 이모. 엄마는 문예지를 끼고 다니던 서울 이모와 내가 닮은 구석이 있다고 했다. 둘 다 안 주고, 안 받는 성격에 정 없이 야박하게 군다고. 이번 일만 해도, 엄마는 남편을 내조하는 본인 일이 먼저였기에 일어난 변이라고 평했다.

"그래, 너는 잘 지냈어?" 이모는 나의 근황을 챙길 만큼 감정의 동요가 없으셨다.

"네. 새롭게 일을 좀 시작해 보고 싶어서요. 저도 서울에 올라와 보면 어떨까. 생각 중이에요."

"어디로 가는지 목적지보다, 어디에 머물지를 생각해. 자유란 별 것 아니더라." 수수께끼 같은 말이었다. 같은 말 아닌가?

다른 이모들도 속속 병원에 도착했다. 상주보다 더 감정이 격해져서 눈물을 보이는 막내 이모와 막내 이모를 달래는 큰이모. 나는 조용히 테이블을 지키며 빈소 벽에 걸린 텔레비전에는 이모부의 일생을 정리한 추모 영상을 반복해서 응시하며 이모의 말을 곱씹었다.

2시간가량 병원에 머물다 이야기 소재가 고갈되자 일어날 채비를 했다. 여섯 시부터 집회가 시작된다고 하니 아직 시간이 많이 남았는데, 벌써 배터리가 절반이나 줄었다. 지도 앱에서 계속 경로를 확인하느라 핸드폰이 과열된 탓이다. 저녁 식사를 하고도 시간이 남아 일찍 집회 장소에 도착했다. 국회가 지척에 보였다. 무대 바로 앞에 자리를 잡았다. 깃대를 든 사람들이 하나둘 모이기 시작했다. 5시 30분쯤 되니 해가 졌다.

온 더 레일

세세한 인상착의 설명이 무색하게, 영영은 혼자 자리를 맡고 있던 나를 쉽게 찾아냈다. 큰 키에 다부진 체격에 조금 놀랐다. 검은색 가죽 재킷, 귀에 걸린 큰 피어싱이 눈에 띄었다. 겉모습만 봐선 정적인 작업과는 어울리지 않았다. 도로 위에서 할리를 몰아야 할 것 같았다. 비교적 특색이 없는 나는 왠지 스스로가 부끄러워졌다. 가까이 다가오자, 금연 껌 냄새가 났다.

"이승우라고 해요. 영영이라고 소개해야 하나."

자기소개를 하며 헤실거리며 웃는 모습이 천진해 보였다. 승우와 나는 단상 앞자리에 자리 잡았다. 곧 우리 뒤로 사람들이 촘촘하게 자리를 채웠다. 승우는 연신 핸드폰으로 글을 쓰고, 사진과 영상을 찍어 올렸다.

"저 다 듣고 있어요. 일상이 멀티라서 그렇지. 놓치는 거 없으니 걱정하지 말아요."

그가 시선을 핸드폰으로 내리깔 때면 조금 주춤거리긴 했지만, 비대면이 익숙한 사이라 그런지 대화는 끊이지 않고 이어졌다.

*

잠깐 몸을 녹이기 위해서 시위대열을 벗어나 포장마차로 갔다. 승우는 어묵 국물을 떠주며 요즘 젊은 사람들이 광장 문화를 어떻게 바꾸고 있는지 촛불 시위에 대한 본인의 논평을 쏟아냈다. 대화의 주제는 철학에서 종

교까지 종횡무진했다. 일상어보다 개념어로 채워진 대화가 계속 이어졌다. 이해의 끈을 놓지 않으려면 굉장한 집중력이 필요했다.

"동물들이 인간이 되려면 얼마나 많은 생을 반복해야 하는지 아나요?"

승우는 난데없이 말을 시작하고, 원하는 만큼 말하고 나면 말을 그쳤다. 추위를 녹이고 돌아와 보니 시민 발언이 이어지고 있었다. 다양한 배경의 사람들이 목소리를 냈다. 부모님을 따라온 아이들, 아이돌 응원봉을 든 학생들, 연신 단상을 배경으로 셀피를 남기고 있는 사람들. 익숙한 멜로디의 유행가에 율동을 만들어 춤을 췄다. 사람들은 광장으로 나와 자유를 즐기고 있는 듯이 보였다. 생경한 광경이었다.

다양한 사람들이 연단에 올라가 하고 싶은 말을 털어놓았다. 자신을 성소수자라 소개한 한 여성은 '사회가 더 다양한 목소리를 들어야 한다'라며 목에 핏대를 세워 외쳤다. 모두가 모든 이야기를 수용하는 건 아니었다. 옆자리에 앉은 아주머니는 "주여" 하며 탄식 섞인 한숨을 쉬었고, 뒤에 앉아 있던 늙수그레한 남자가 술 냄새를 풍기며 "어디 저런 것들을 앞에 세워"라며 볼멘소리를 했다.

"보태 준 것도 없으면서." 듣다못해 혼잣말을 뇌까렸다. 그러자 아저씨가 욕설을 뱉었고, 나도 지지 않고 목소리를 높였다. 남자가 나를 밀치려고 하자 승우는 그를 몸으로 저지했다.

"선생님. 진정하세요."

나에게 시비를 붙인 취객은 본인의 머리통 하나보다 더 큰 체격의 승우가 일행임을 알아보자, 나를 흘겨보더니 자리를 떴다. 치졸하게 꼬리를 내리고 내빼다니. 거기다 내 '말'보다 승우의 '힘'에 잘못을 인정했다고 생각하니 괘씸했다.

"좀 더 지켜보시다 말리지 그러셨어요."

"힘 빼지 마요 유진씨. 싸울 대상을 제대로 봐야죠."

사람들은 저마다 정의를 위해서 싸웠고, 나 역시 그랬다. 모든 투쟁에는 반대편이 존재한다. 저마다 다른 반대편은 멀지 않다. 적잖은 수가 사실 바로 곁에 있는 사람을 적으로 싸우고 있다. 그사이 미묘한 불편함이 피어오른다. 그렇지만 그 밤, 스피커에서 나오는 노래들은 모호함을 지워졌다. 불안한 무리는 생존을 위해서, 각자의 생존을 위해서 연대한다. 나의 불안은 무엇일까.

시위도 막바지로 향하고 있었다.

"유진 씨, 자유 발언 한번 해보세요. 멀리서 오셨는데 한마디 하셔야죠." 흡사 회식 자리에서 건배사를 강권하는 동료 같은 말투였다. 비장함은 없고, 한껏 달뜬 분위기에 너도나도 한마디씩 하는.

"머릿속에 말들이 정리가 안 돼요. 저도 승우 씨처럼 끊이지 않고 하고 싶은 말을 할 수 있으면 좋겠는데.."

"스스로 너무 검열하지 마요. 말도 글도 써야 알 수 있

온 더 레일

어요. 제 게시글의 90퍼센트는 쓰레기예요. 영양가 있는 말은 별로 없어요, 제가 보기엔 유진 씨의 이야기가 더 흥미로운걸요? 시시콜콜한 이야기보다는. 부산에서 홀로 시위에 참여하려고 상경한 여성. 누구라도 한마디 듣고 싶어 할 거예요. 저도 그렇고요."

내가 인식되길 바라는 방식으로 상대방이 나를 알아줄 때의 전율이 몸을 훑었다. 은밀하게 숨긴 생각이 발각되자 심장이 세차게 뛰기 시작했다.

나는 즉흥적으로 시민 발언대에 뛰어 올라갔다. 아니, 난입했다고 보는 편이 좋을 것이다. 예정에 없던 발표자가 무대로 뛰어 올라오니 진행국 측에서는 적잖이 당황하는 눈치다. 그러나 오늘이 아니면 다시는 없을지 모르는 기회다. 눈앞에는 끝이 보이지 않는 무리가 자리에 앉아 있다. 여기저기 솟아있는 깃발들. 마이크로 다가서자, 순식간에 그 많은 사람이 일제히 침묵했다. 침묵이 이토록 따뜻할 수 있나. 한없이 온화해서 곧 불안 없는 잠에 빠져들 수 있을 것 같았다. 어떤 죄와 치부도 용서받을 수 있을 것 같았다. 그런 결의에 찬 침묵이었다. 그 순간이 영영 이어지는 영원처럼 느껴졌다.

단상 아래에 있는 승우와 눈을 맞췄다. 찬바람이 훅 끼쳐와 나의 침묵이 길어지고 있다는 걸 깨달았다. 뭔가를 말해야 했다. 뭔가를. 그러나 말이 나오지 않는다.

"처음 뵙겠습니다. 부산에서 온 김유진입니다. 저는… 지금…마치 오래 저를 기다려준 사람들을 만난 것 같습니다. 그리고 새로운 일이 시작될 것이라고 믿게 되는 순간입니다. 함께할 수 있어서 영광입니다. 감사합니다."

나는 올라왔던 것만큼 빠르게 단상을 내려갔다. 그리고 다시 승우 옆으로 갔다. 뭔가 위로를 받고 싶은 기분이다.

"용감했어요." 승우는 내 어깨를 자신의 어깨로 툭 밀치며 말했다.

"진짜 용감한 말 한마디 더 해도 돼요?"

"얼마든지."

"저 하룻밤 재워주세요."

승우는 약간 놀란 듯했지만, 고개를 천천히 서너 번 끄덕였다.

*

[지훈이] am 12: 30 너 어디야? 어머니가 전화하셨어. 나 만났냐고. 왜 서울 온다고 말을 안 했어?

[나] am 08:50 어제 조문하고 국회 앞에 갔었어.

[지훈이] am 08:55 뭐? 추운데 뭐 하러? 잠은 어디서 잤어.

[나] am 08:58 친구네.

[지훈이] am 08:58 친구 누구? 1

온 더 레일

어젯밤 엄마 전화를 받지 못했고 아무래도 일이 꼬인 것 같다. 엄마나, 지훈이나 거짓말로 둘러대면 그대로 믿을 사람들이긴 하지 - 서울에 친구가 없는 것도 아니고 - 오늘은 그러고 싶지가 않다. 핸드폰을 잠시 던져두고, 치즈와 꽁치에게 꾹꾹이를 받으며 생각에 빠졌다. 지훈을 못 본 지 두 달이 넘어가고 있다. 그간 지훈의 직장 일이 바쁘기도 했고, 나는 나대로 분쟁 조정에 정신이 없었다. 내 퇴사에 지훈은 겉으론 기뻐하는 기색이었다. 이참에 서울로 올라와 함께 자리를 잡자고도 말했다. 그렇지만 내가 서울에 간다면 하고 싶은 일은 직장 생활이 아님을 누구보다 잘 알았다.

 "대한민국에 자유를 원하지 않는 사람이 어디 있노. 다 그러고 사는 거지. 자유도 다 돈 있어야 누리는 거 아이가. 돈 없어봐라. 그게 자유가. 궁상이지."

 자유와 궁상은 한 세트인지도 모른다. 확실히. 자유로운 승우의 삶에 한 발짝 가까이 다가오니 알만했다. 우리는 새벽녘까지 사랑에 대해서, 예술가의 사명에 대해, 꿈에 대해서, 시간과 엔트로피에 대해서 속삭였다. 그는 미미, 구름, 치즈, 고등어의 이야기를 들려줬다. 연인이 바뀔 때마다 자신에게 찾아온 아이들이라고. 어쩌면 자신을 스쳐 간 여인들의 분신일지도 모른다고 말했다.

 @speak_louder95 길 가다 며칠째 눈에 밟히는 고양이가 있는데, 아무래도 곧 이 친구가 나를 따라올 것 같

아요.

정말이지 며칠 밤을 지새워 사랑하고, 대화하고, 또 사랑하는 일만 반복할 수 있을 것 같았다. 가능성의 민낯을 피할 수 있다면, 얼마든지 그렇게 했을 것이다. 애석하게도 우리는 충분히 어리석을 수 없는 나이에 이른 사람들이었다. 그래서 나는 그를 사랑하지 못할 것이다. 어떤 이야기는 가능성으로 남겨 둬야만 완성된다. 나의 이야기 속에 승우를 남겨두기 위해서는 여기서 멈춰야 한다.

아름다운 말들, 적확한 단어들. 그토록 내가 원했던 명징함이 나를 적나라하게 비춘다. '이것이 진실이다. 인정하라.' 그러나 진실이 사람을 살릴 수 있는 구원인가. 사랑받을 수 있는 진심인가. 아니다. 진실은 단지 드러남으로 누군가를 징벌할 수 있는 근거가 될 뿐이다.

점심 브레이크 타임에 집에 들른 승우는 나에게 인터뷰를 부탁했다. 그는 집회에 참여한 사람들을 인터뷰해서 다큐멘터리를 제작하고 있었다.

온 더 레일

- 인터뷰 -

Q. 당신은 어디에서 왔나요?
A. 출발할 수 있는 가장 먼 곳으로부터.
Q. 어디로 가고 있나요?
A. 도착할 수 있는 가장 먼 곳으로.
Q. 그곳에서 당신은 행복할까요?
A. 죽음을 통과해 영원에 이른다면.

정말 도움이 되고 싶었다. 이왕이면 돈이 되는 도움이었으면 했다. 고양이들이 배불리 먹을 수 있는 넉넉한 사룟값 정도는 되었으면 했다. 그렇지만 내 입에서 나온 말들은 내 의도와는 달리 노숙자의 술주정 같았다. 집을 떠나온 뒤로, 이전과 같은 방식으로 말하는 게 어려워졌다. 길을 찾을 줄 알았는데 헤매는 반경이 더 넓어진 것 같다.

승우는 출발하기 전 헬멧을 씌워주었다. 스쿠터가 도로를 미끄러져 달리기 시작한다. 찬바람이 신발 안까지 파고들었다. 고개를 들어 보니 달이 차오르고 있다. 달이 둘을 쫓고 있다고 말하지만, 사실 달은 움직이지 않는다. 움직이는 건 우리다. 영원에 가까운 것들은 닿지 않는 곳에서 우리를 지켜보고 있다. 어서 닿기를 바라며 기다리거나 돕지 않는다. 더 크게 말하거나, 더 많이 말하거나 그게 무슨 소용인가.

온 더 레일

"봄이 오면 다시 봐요. 우리 벚꽃 구경하러 가요. 서울에 숨은 꽃길을 보여 드릴게요."
"좋아요."

*

 부산으로 돌아오는 KTX를 탔다. 눈을 감으니, 바닥이 없는 심해로 끌려 들어가는 기분이다. 잠깐 잠들었다 눈을 떠 창밖을 바라보니 드문드문 가로등이 켜진 논밭이 펼쳐진다. 풍경이 밀려난다. 비디오테이프를 되감을 때처럼 빠르게 역행한다.
 '어디로 가는지 보다, 어디에 머물지를 생각하렴.' 이모의 말이 생각났다.
 '나는 영원에 머물고 싶어요. 세계를 부수고, 또 만들면서 영원에 가까워지고 싶어요.'
 달리는 레일 위에서 생각했다. 방금 하나의 가능성을 지나쳐 왔다고. 그건 아마도 영원의 한순간이었을 것이다.

헤파리

"땅에서 유영하는 중입니다."
투명하지만 사라지지 않고, 어디서든 유영하며 살아가는 해파리처럼 글을 쓰고 싶습니다.

비가시 생존

헤파리

"사람들은 왜 계속 나를 피할까요?"

오늘은 내가 있었던 일을 얘기해볼까 해요.
딱히 특별하진 않아요. 학교에 갔다가, 급식을 먹고,
친구들이랑 노래방에 갔어요.

탬버린을 치면서 네 발로 기어야 했어요.
그리고 춤을 추지 않으면… 머리카락이 잘려요.
박자를 놓치면 분위기가 갑자기 바뀌어요.
그런 걸, 저는 잘 알아요.

누군가 과자를 일부러 떨어뜨려요.
그럼 그걸 주워먹어요.

비가시 생존

그렇지 않으면, 저는- 지쳐지거든요.
저는 해파리라고 해요. 빛나지만 금세 사라지고, 투명해서 아무도 잘 보지 못하는 해파리.

그래서 제 생존법은,
비가시 생존이에요.
보이지 않는 척,
흔적을 지우며 사는 것.

놀다 보면, 밤이 돼요.
집에 들어갈 시간이죠.

근데, 사실… 저는 돌아갈 집이 없어요.
정해진 주소도 없고,
바닷가 근처, 나무로 지어진 오래된 창고 하나.
그게 제 보금자리예요.

오늘도 어김없이 그 창고로 향하던 길,
익숙한 구역에 낯선 사람이 보였어요.

그 사람은 제가 눕는 자리에 무언가를 펴고 있었죠.
자기 자리를 만들고 있었어요.

비가시 생존

아마, 제 자리가 맘에 들었나 봐요.

해파리는 고민 중이에요.
'저 사람에게 과자를 던져줄까?'

아주 조용히.
진심이 담기지 않도록.
딱, 그만큼만.

그때, 그 남자가 먼저 말을 걸었어요.
"이봐, 너도 나랑 비슷한 처지 같은데… 같이 좀 살아도 될까?"

저는 잠시 생각했어요.
혼자 있는 것보단,
누군가랑 같이 있는 게 나을지도 모르겠다고.

그래서 허락했어요.
대신, 혹시라도 이상한 낌새가 보이면
비상약을 먹이겠다는 마음은 조용히 품은 채로요.

그렇게 해파리는 그 소년과 룸메이트가 되었어요.

비가시 생존

이름도, 어디서 왔는지도, 아무것도 모르는 사람이지만 뭔가 닮았다는 기분이 들었어요.

애도 저처럼 꼬질꼬질한 냄새가 나고,
며칠째 같은 옷을 입고 있었고,
눈 밑이 푹 꺼진 게…
뭔가, 견디며 살았던 사람이란 생각이 들었거든요.

혹시,
제가 이렇게 음침하게 생각하는 걸 알면
애도 도망가 버릴까요?

아, 맞다.
저는 아직 학생이에요.
다들 아시죠?
늘 똑같았어요.
과자를 주워 먹고, 지쳐지고, 웃기지도 않은 장난에 박장대소하는 연기를 해야 했어요.

그런데 요즘 들어, 친구들이 저를 걱정해주는 척하며 제 머리를 삭발하겠다고 했어요.

비가시 생존

"여름이니까 시원하게 밀자~"
그런 말투로요.
진심이라는 걸 아는 게 더 무서웠어요.

"너네가 왜 내 머리를 마음대로 잘라?"

그 순간, 친구들은 미친 듯이 웃었어요.
웃음은 너무 컸고, 저는 복부에 주먹을 맞았어요.
숨이 턱 막혔죠.

사실 저는, 무언가를 거부하면 맞는 게 당연한 세상에서 살아왔어요.
그래서 도망친 그 소년의 얘기를 들었을 때,
저도 무작정 달렸어요. 저의 보금자리로요.

그 앞 바다에 잠기고 싶었어요.
소리 없이 가라앉는 해파리처럼,
빛나지도, 떠오르지도 않은 채로요.

그런데,
그 소년이 물속으로 뛰어들었어요.
수영도 못 하면서, 저를 끌어안았어요.

비가시 생존

"이건 도망치는 게 아니야. 그냥… 잠시 피하는 거야."
"그럼 난… 어떻게 해야 해?"
"세상은 아무도 날 필요로 하지 않는데."

소년은 물에 젖은 몸을 일으키며 조용히 말했어요.

"그럼, 나부터 해볼게.
나부터 너를 필요로 해볼게."

그 말은 뜨겁지 않았어요.
차라리 담담했어요.
사랑이 아니라, 생존의 언어 같았어요.
그렇게, 해파리는 처음으로 어떤 눈빛을 믿고 싶어졌어요.

그날 밤이었어요.
바다를 따라 걷다가, 모래사장에 혼자 앉아 있는 소년을 봤어요.
그냥, 모래 위에 나란히 앉았습니다.

우린 아무 말도 하지 않았어요.
파도 소리만이 대화처럼 이어졌죠.

비가시 생존

말을 하지 않아도, 위로받고 있다는 게 느껴졌어요.
그 친구는 저에게 아무것도 요구하지 않았고, 아무 판단도 하지 않았어요.

그저 저를 있는 그대로 바라봤어요.

그 순간 이상했어요.
누군가에게 '그대로 괜찮다'고 허락받는 기분.
늘 나는 어딘가 잘못된 사람이라고 생각했는데, 그 애 앞에서는 그런 느낌이 들지 않았어요.

내가 무너지지 않기 위해 꽁꽁 감춰두었던 마음의 파편들이,
이상하게 그 애 옆에서는 조금씩 풀어졌어요.
너무 조용하고, 너무 따뜻해서.

사람을 있는 그대로 봐준다는 건 이런 거구나.
부서질 듯 흔들리면서도, 서로를 비추는… 해파리 같았어요.

그날 밤의 우리는
그저 파도에 몸을 맡기고 떠다니는 해파리처럼

비가시 생존

무언가에 저항하지 않고, 서로를 감싸며 떠 있었어요.

누군가와 함께 유영한다는 것.
그게 이렇게나 따뜻한 일이었네요.

금지된 존재끼리 만났지만,
오히려 금지되지 않은 순간.

그날 이후로 바다는 달라 보였어요.
외롭지 않았어요.
파도에 밀려 떠도는 게 아니라,
누군가와 함께 파도가 되어가는 기분이었으니까요.

비가시 생존

지록

짧은 삶 속에서, 나와 타인이 어떻게 잘 살 것인가를 중요하게 생각한다. 음악과 풍경, 순수함, 정과 같이 아름다운 것을 좋아한다. 또한, 희망과 감동, 응원, 즐거움을 삶에서 중요한 가치로 두고 이것을 노래와 글, 심리상담을 통해 전하는 사람이 되고자 한다.
특히, 글쓰기를 통한 치유와 생각 및 행동 개선이 어떻게 가능할지에 관심이 많다. 이런 꿈을 이루기 위해서 고민하고 시행착오를 겪고 있다. 동화 같으면서 자기실현 에 도움이 되는 생각과 감정을 담은 글이 작가로서의 방향점이다.

꿈을 담은 바다

지록

1. 남포대교의 돌

 초여름의 저녁에 한 청년이 도심의 밤거리를 지나갔다. 어두워진 하늘과 달리 도심의 버스는 활기차게 움직이고, 건물의 자잘한 빛이 번졌다. 방금 전 모임에서 확인한 자신의 성장 가능성을 떠올리던 청년은 희망감을 느끼며 발이 이끄는 대로 남포대교로 향했다. 청년은 살갗을 스치는 시원한 바람의 움직임을 느꼈다. 멋진 야경과 어울리는 음악을 헤드폰으로 걷던 청년은 마침내 남포대교 바로 위에 발을 디디고 섰다. 바다의 짠내와 조금은 습하고 후덥지근한 공기의 흐름이 느껴졌다. 남포대교를 건너는 가족들의 웃음소리도 같이 전해졌다.

- one, two, three.

아이와 엄마가 사이좋게 바다를 뒤로하고 웃으며 사진을 찍고 있었다. 청년은 바다와 이곳을 지나는 사람들 속에서 가만히 음악을 감상하다가, 대교 아래로 계단을 타고 내려갔다. 음악을 들으며 탁 트인 광장을 보며 청년은 버킷리스트였던 버스킹하기를 떠올렸다. 벤치에 앉아 버스킹을 할 음악을 골라보기도 하고, 바다를 따라 걸으며 어디에서 버스킹을 하면 좋을지 설레발을 치기도 했다. 잠시 밤바다 옆의 벤치에 앉아서, 대교 위에서 여행의 즐거움을 느끼는 행인을 보며 설렘을 같이 느끼다가, 집으로 돌아가려고 지하철역으로 향했다.

그러나 그 후로 청년은 체념했다. 시간이 나면 노래 연습을 했지만, 녹음한 자신의 노래는 들을만하지 못했다. 가장 원하는 것이 노래를 편안하게 잘 표현하는 것이었던 청년은 담담하게 실패를 받아들이려 했지만 의욕이 한풀 꺾인 채, 주말 아침에 아버지의 산행을 따라갔다.

청년과 아버지는 웃으며 오르막길의 산행을 올랐지만, 점점 고요한 시간의 간극이 늘어났다. 청년은 호흡이 차올라서 대화할 시간에 열심히 들숨날숨을 반복해야 했기 때문이다. 아버지는 청년의 발 속도에 맞추기 답답했는지 어느샌가 산다람쥐처럼 가뿐한 걸음으로 신나게 앞서갔다.

꿈을 담은 바다

'아버지, 같이 가요!'

청년의 절절한 속마음은 효심이라기보다는 휴대전화를 놔두고 온 탓에, 돌아가는 길을 헷갈릴까 걱정하는 마음이었다. 하지만 청년은 혼자서 샛길을 둘러보다 아버지와 함께 개운하게 집에 도착하였고, 청년의 어머니가 차려주신 따뜻하고 영양이 담긴 아침밥을 먹을 수 있었다. 무척이나 사소한 것을 했다고 말해도, 장난삼아 작곡한 우쿨렐레 노래를 들려드려도 잘했다고 칭찬해주시는 부모님, 당신에게는 무엇이든 아끼시면서 청년에게는 좋은 것을 해주고 싶어하는 귀중한 마음을 느낀 청년은 자신은 노래를 못할지언정 복이 타고 났다고 감사함을 느꼈다.

또, 어머니의 내원 고민을 들으며 자신이 하고 싶은 것을 조금 포기해서 가족과 함께 살며 부모님의 내원을 태워다드리는 삶도 괜찮겠다고 청년은 떠올렸다. 청년은 불도저처럼 자신의 직업과 취미만 바라보고 팠다고 성찰을 했다. 하지만 이런 점을 느꼈음에도, 부산의 자취집에 돌아와서 삶에서 중요한 다른 것을 챙기기를 행동하지는 못했다. 시간 관리에 어려움을 겪는 청년은 부모님께 전화드리기, 건강한 음식 제때 챙겨먹기, 운동을 매일 하기, 다양한 가치로운 일을 하지 못했다.

꿈을 담은 바다

주 1회 그 모임에 또 나가며 다시금 남포대교를 들렀다. 답답한 마음을 바다를 보고 풀기 위해서였다. 청년은 지난 번에 남포대교를 떠날 때 자신감과 다르게 버킷리스트의 가능성을 더욱 의심하고 있었다. 건강, 직업, 가족 및 친구와 만남에 드는 시간을 쪼개 취미에 많은 시간을 투자해도 내가 원하는 수준으로 능력이 길러질지 불확실했다.

'버스킹과 여행을 자유롭게 할 수 있는 삶이라면 원이 없을텐데.'

밤바다를 바라보는 방향으로 저번에 앉았던 그 벤치에 앉아 한숨을 쉬며, 괜히 발 앞에 돌멩이를 툭툭 쳤다. 밤바다는 조용히 흘러갔다. 그때 놀랍게도 돌멩이가 스스로 몸을 돌려서 청년을 바라보았다. 청년은 어둔 감각 속에서도 눈을 또렷하게 마주치는 기분이 들었다.

청년은 헛것을 보나 싶어 눈만 껌뻑였다. 돌멩이는 곧 자신이 벌일 일에 대한 설명을 하려다가 다시 입을 닫았다. 돌멩이는 잠시 고민하더니 입을 열었다.

"원하는 것을 할 수 있길 원해?"

꿈을 담은 바다

중성적이면서 연령을 가늠할 수 없는 목소리가 들렸다. 청년은 드디어 자신이 기면증에 생겨 여기서 자고 있다고 생각하고 열심히 엄지손가락을 접었다 풀었다를 반복했다. 이게 바로 말로만 듣던 가위라고 굳게 믿었다.

"원하는 것을 바라는 그 마음으로 잘 해봐."

앉아 있던 벤치가 돌멩이 밭으로 변했다. 그리고 돌멩이들은 일사분란하게 몸을 회전시켜 청년을 미끄러지게 했다. 청년은 비명도 지르고 못하고 캄캄한 밤바다로 굴러떨어졌다.

- 풍덩!

물살이 곧 잠잠해지고, 처음부터 아무 것도 없던 것처럼 주변은 고요했다.

꿈을 담은 바다

2. 나의 편들

춥고 축축했다. 청년은 거센 바람에 귀가 먹먹했다. 무언가 날라올까 싶어 반사적으로 몸을 낮추었다. 온통 컴컴해서 도무지 방향을 잡기가 어려웠다. 청년은 여기가 동굴 쯤 된다고 생각하고 바람이 불어오는 쪽으로 무작정 기어갔다. 바닥은 물이 고인 진흙인 듯 싶었다. 차가워진 손에 자갈의 까슬함이 느껴졌다. 청년은 여기가 어디인지 왜 여기에 와있는지 기억이 나지 않았지만 생존본능대로 착실히 바람을 맞서고 앞으로 나아갔다. 추위를 느끼던 몸은 어느새 땀을 흘리고 있었다.

진흙을 밟는 철썩이는 소리가 귀에 웅웅대어 현실감각을 깨웠다. 바람에 입은 마르고, 눈이 따갑고, 차가운 진흙에 손이 시렸지만 마냥 이곳에 있을 수 없었다. 여기서 나가서 빛을 보고 희망을 보고 싶었다. 청년은 어느덧 바람이 앞에서 부는 게 아닌 위에서 불어오고 있음을 깨달았다. 기울어진 경사면을 따라 힘겹게 올라가니 청년의 시야는 점차 밝아졌다. 인상을 잔뜩 찌푸린 채 뻑뻑한 눈을 애써 꿈쩍였다. 눈이 멀정도로 밝은 풍경에는 바다가 있었다. 어느덧, 드넓은 바다만이 그를 둘러싸고 있었다.

"어, 왔나?"

꿈을 담은 바다

조그만한 간이집을 뒤로 하고 인상 좋은 어부가 뒤에서 말을 걸었다. 바다가 해변과 부딪히는 소리가 시원했다. 밀짚모자를 쓰고 하늘색 바구니에 생선을 들고 있었다.

"누구세요?"
"또 장난치네. 가자. 어딜 다녀왔길래 이렇게 꼬질해?"
"네?"
"가자. 가자."

축축하고 땀냄새가 나는 게 당연할 자신에게 어부는 어깨동무를 했다. 청년은 이 사람이 누구이고 대체 왜 이러는지 의문이었지만, 따스한 햇빛과 분위기 탓에 안심하고 얼떨결에 따라갔다. 어부에서도 어쩐지 포근한 냄새가 났다. 나무로 손수 지은 듯한 작은 집에 다다랐다. 노란색 페인트와 집 앞에 화초들이 사람 냄새를 풍겼다.

"아니! 가만보니 옷도 다 젖었구만! 에헤이. 기다려봐."

어부는 집문을 열더니 재바르게 수건을 가져왔다. 잔극육과 움직임을 보면 그는 평소에도 날랜 몸일 것이 분명했다.

꿈을 담은 바다

"자, 대강 닦고 어서 씻어!"

어부의 카리스마에 청년은 찜찜함도 씻어낼 겸 조심스레 안으로 들어갔다. 집 안도 외부처럼 정겨웠고 사물의 색감이 알록달록했다.

지쳤던 몸을 씻으니 천국 같았다. 청년은 어부에게 깊은 감사함을 느끼며 이 은혜를 어떻게 갚을 수 있을까 고민했다.

따뜻한 한끼를 대접받으며 청년은 물었다.

"원래 선생님께서는 행인에게 이렇게 친절을 베풀어 주시나요? 정말 신세 많이 집니다."
"응? 자네가 왜 행인이야?"
"네?"
"신세 많이 지는 건 맞고."

어부는 껄껄 웃었다. 청년은 어리둥절했지만 더 이상 질문하지 않았다. 잠이 무섭게 덮쳐왔기 때문이다.

"졸리나? 먹고 자면 소 된다. 이겨내!"

아무리 여기가 편하다고 해도 밥을 얻어먹고 바로 자

꿈을 담은 바다

는 것은 아니었다고 생각한 청년은, 잠을 깨고 오겠다며 식탁에서 일어났다. 우선 밖으로 나가서 여기가 어딘지 둘러보기로 생각한 청년은 어부의 허락을 구하고 나갔다.

"나참, 별 걸 다 물어보는구만."

어부의 호쾌한 웃음 소리를 뒤로하고 문을 열었다. 밝게 빛나는 옅은 바다가 보이는 풍경은 그림같았다. 따스한 바람도 불어왔다. 그 앞에 긴치마를 입은 귀부인이 장바구니에 계란과 야채, 토마토 등을 담은 채 걸어오고 있었다.

"왔니? 고생했어."

부인은 눈을 접어 예쁘게 웃으며 장바구니를 청년에게 보여주었다.

"오늘 먹을 거리 저렴하게 잘 사왔어! 뭐 먹고 싶니? 밥은 먹었어?"

청년은 작게 대답하며 감사하다고 덧붙였다.

"뭐가 고마워. 맛있게 밥 먹어줘서 내가 고맙지."

꿈을 담은 바다

청년은 목례하며 부인을 지나쳐 마을을 구경했다. 청년의 눈에 보이는 풍경은 집 몇 채와 모래 사장, 하늘, 바다였다. 해변으로 걸어간 청년은 바닷물에 손을 잠깐 대보았다. 햇빛 탓인지 그래도 조금 온기가 있는 듯했다.

아이들이 뛰어놀고 있길래 다가가서 물었다.

"얘들아, 안녕. 혹시 여기가 어디니?"
"우리 동네잖아! 갑자기 왜이래?"
"나를 알아?"

청년이 자신을 가리키며 심각하며 묻는 어조에, 양갈래를 한 소녀는 이상하다는 표정을 지으며 갸웃거렸다.

"너는 나 몰라 그러면?"
"…"
"모르냐구!"
"모르지. 오늘 처음 봤는데."

소녀는 큰 충격을 받은 듯 부들부들 떨었다. 곧 서운하다며 어떻게 이럴 수 있냐고 따지고 투덜댔다.

"너랑 친구 안해. 누구세요?"

꿈을 담은 바다

'아니, 진짜 너가 누군데.'

답답해진 청년은 바닷물이라도 마시고 싶어졌다. 손으로 얼굴을 쓸어내리고 한숨을 쉬었다. 우선 이 꼬맹이의 기분부터 풀어주고 싶었다.

"아냐. 친구 맞아. 잘못했어."
"누구신데요?"

소녀는 눈을 동그랗게 뜨고 정말 순수하게 물어봤다. 청년은 저도 모르게 솔직하게 털어놨다.

"몰라, 눈 떠보니 여기네."
"뭐? 그건 나도 그런데."
"너도 그렇다구? 그럼 너도 여기가 어딘지 모르고, 그리고 그 전까지가 기억이 안나?"

소녀는 왠지 모르게 여기에서 사는 것 같았지만 혹시나 하는 마음으로 청년이 물었다.

"아니, 여긴 우리 동네라니까. 너랑 쭉 살아왔어. 왜이러는거야?"
"뭐라고?"

꿈을 담은 바다

"우리 학교 같이 등하교하고 그랬잖아. 정말 기억이 안 나?"

이렇게 작은 아이랑 같이 등교를 했다니, 말이 되지 않았다. 아까 어부네 부부도 그렇고, 여기는 아마도 꿈인 것 같다고 청년은 생각했다.

"아니, 아니야. 신경쓰지마. 어서 부모님께 가. 친구들이 있다해도 위험할 수 있으니까. 조심히 귀가 해."
"정말 뭐야? 어른인 척 하네."
"안녕."

청년은 뒤돌아서 어차피 깰 꿈이라면 하고 싶은 것을 해야겠다고 생각했다. 언젠가부터 새하얀 설원의 풍경을 보고 싶었다. 순수하고 아름다운, 때 하나 묻지 않은 흰 눈과 하늘이 천지인 곳에서 마음껏 있어 보고 꿈에서 깨고 싶었다. 나무와 끈을 엮어 배를 만들어볼까, 아이디어를 떠올렸다.

꿈을 담은 바다

3. 누구의 심해

 이곳은 현실이 아니다. 그러니 통나무 몇 개만 엮고 닻만 대강 달아 노만 저어도 갈 수 있을 것 같았다. 꿈은 상상하는대로 그려낼 수 있다. 청년은 아름다운 설원을 보러 갈 생각에 힘차게 재료를 모았다. 청년은 땀을 닦아가며 만든 간이식 배를 실험 상 바다로 띄웠다. 놀랍게도 잘 떴고, 잔잔한 바다라 그런지, 노를 젓기에도 쉬웠다. 청년은 배 젓기에 빠져서 한참 젓다보니, 어느덧 마을과 멀어졌다.

 '그분들게 인사드려야 하는데.'

 청년은 눈밭을 둘러보고 금방 돌아와서 인사를 드리고 은혜를 갚아야겠다고 생각을 정리했다. 어릴 적에 보던 만화처럼 지금 모험을 하고 있다 생각하니 꿈이지만 설레였다. 가장 아름다운 눈밭을 향해 노를 계속 저었다. 그런데, 바다가 이상했다. 잔잔하던 바다에 이따금씩 갑자기 어두운 색의 울렁이는 액체가 보였다. 청년은 무슨 고래나 상어에게 먹히는 꿈을 다 꾸는지 어이가 없었다. 그러나 그것은 단지 울렁일 뿐 단 한번도 생명체처럼 움직이지 않았다. 바다에 있은지 며칠, 아니 십수일이 넘게 흐른 것 같이 느껴졌다. 그러나 북쪽의 땅은 아직 눈에 보이지 않았다.

꿈을 담은 바다

서서히 시간 감각이 무뎌지는 듯 청년은 단지 노를 천천히 저을 뿐이었다. 바다에는 하늘이 전부 투명하게 비추어져 보였다. 바다는 어떤 위협도 없는 것처럼 평화롭게 잔잔하기도 했는데, 놀랍게도 그것은 가끔은 내가 보고 싶은 사람들과 추억을 비추어주곤 했다. 배가 뒤집힐 정도로 위협적일 때도 있었다. 철썩철썩- 치는 물결이 종잡을 수 없을 때는 청년은 노를 젓다가 그저 물결이 가라앉기를 기다렸다. 거울처럼 외부를 비추는 바다는 청년에게 친절하기도 했고, 무자비하기도 했다.

점점 어두워진 하늘에는 먹구름이 졌다. 그와 함께 바다가 다시금 성을 내기 시작했다. 하찮지만 설렘을 가지고 출발한 통나무배가 위태롭게 넘실댔다. 외부세계를 비춰주는 바다의 숨겨진 내면, 그 속에는 어떤 것들이 있을지, 무엇이 존재할지 호기심이 일었다. 청년은 노를 잠시 내려놓고, 이제 조금은 익숙해진 검은 액체에 손을 뻗었다. 우주 속에 몸을 누인 듯 광활함 속 안락함을 청년은 눈을 감고 감각했다. 그러나 청년 외에는 그 무엇도 존재하지 않는 것 같은 공간에서, 그의 귓가에 조그만한 속삭임이 들렸다. 귀를 기울이지 않으면 듣지 못할 소리였다. 소리는 조각조각 모여 의미가 되었다.

'수치스러워.'
'한심해.'

꿈을 담은 바다

청년은 왜인지 모르게 피가 온통 빠져나가는 듯했다. 이 공간에서 벗어나고 싶었다. 아까 느꼈던 광활함 속 안락함은 완전히 사라졌다. 청년은 숨을 쉬려고 의식을 붙잡았다. 아무것도 보이지 않는 공간에서 의존할 것이 필요했다. 그러다가 그의 손에 무언가가 덥석 잡혔다. 그리고 그것은 포근히 청년을 안아주었다.

　- 괜찮아. 안심해도 돼. 너를 해하는 것은 없어.

　청년은 서서히 몸에 힘이 빠졌다. 비록 지금은 아무것도 할 수가 없지만, 이렇게 안락하다면 이것도 괜찮다고 생각했다.

　- 나는 너를 위해서 움직이니까 내 말을 믿어.

　그것은 청년의 귀를 막아주었다. 흉측한 속삭임에서 청년을 지켜주려는 것처럼. 고요하고 편안했다. 편안함 속에서 눈밭을 보고 싶던 청년의 마음이 점점 흩어졌다. 평생 이렇게 편안하게만 있어도, 괜찮지 않을까? 어차피 내 삶이고, 내 시간인데 이런 안락함에 모든 시간을 쓰는 것도 꽤 괜찮은 삶이라고, 청년은 생각했다.

　그러나, 어떤 것이든 영원한 것은 없었다. 지루함으로 포장된 공허가 권태로 몸을 채워갔다. 살아있고 움직인

꿈을 담은 바다

다는 의미가, 그럴 수 있는 능력이, 자신감이 사라졌다.

'이러고 있는데, 뭘 할 수 있겠어?'

검은 액체와 접촉한 후, 이 공간에 들어왔을 때 처음 들었던 속삭임이 이제는 시시때때로 선명히 들려왔다. 하지만 그때와 달리 이제는 그 소리가 크게 위협적이지 않았다. 즐겁고 싶은 열망은 청년을 방치하지 못했고 무언가를 할 수 있도록 변화를 생각했다. 여기서 벗어나고 싶다면, 무엇을 해야 할지 내가 선택할 수 밖에 없다. 몸을 움직이지 않아 굳은 몸을 조금씩 폈다. 손을 천천히 쥐었다 폈다를 반복하고, 고개를 천천히 돌렸다.

'그러고 보니, 눈을 뜨고 있던가?'

가위에 눌린 듯 몽롱함에 청년은 눈을 뜨려고 부던히 노력했다. 그리고 속닥이던 음성이 청년에게 소리쳤다.

"일어나!"

청년은 눈을 번쩍 뜨고 소리가 났던 방향을 쳐다보았다. 그것은 청년을 안아주고 안정시켜준 나태이자 동시에 속닥이던 자책이었다. 청년은 아무 얼굴도 없는 검은 형채에게 말을 걸었다.

꿈을 담은 바다

"대체 뭐야? 괴롭게 속닥이던 것도, 안심시킨 것도 너야?"

"당연하지. 난 너를 평가하면서도 누구보다도 너를 응원하는 너니까."

"그게 무슨..."

"그리고 그 평가는 네가 행복하면 좋겠어서 네가 만들어낸 평가야. 괴롭히려고 하는 게 아니야."

청년은 무언가를 열정적으로 연습하던 과정이 떠올렸다. 다시 연습물을 확인할 때 마다, 자신의 재능이 끔찍하게 여겨졌다. 처음 호기롭게 시작할 때는 금방 늘 줄 알았는데. 한계는 생각보다 목전에 있고 뚫기 어렵게 단단했다. 실수하는 나, 무능력한 나, 목표에 비해 행동이 무거운 나를 볼 때마다 느꼈던 부정적인 감정으로 그것은 만들어진 것이었다. 하지만 그렇게 좌절하고 실망하고나서 다시금 연습할 때, 미세하지만 나의 능력에 대한 평가는 조심씩 좋아졌다. 그것은 끔찍하게 속닥이던 음성으로 강하게 말했다.

"부끄럽게 생각하는 것이 네가 성장하길 원하는 거잖아. 버티고 강해지지 않으면 절대로 얻을 수가 없어."

청년은 힘을 빼고 조금씩 올라왔다.

꿈을 담은 바다

4. 눈밭에서

 좌절과 응원으로 만들어진 무언가와 대화했다는 것이 청년은 믿기지 않았다. 종종 일기를 써온 경험 때문에 이런 생생한 꿈을 꾸는가, 단순하게 생각했다. 청년은 혼자 탐험하고 있다고 생각하지 않았다. 응원하는 내가 실행하는 나를 지켜봐주고 있기에 왠지 모르게 든든했다. 청년은 다시금 힘차게 노를 저었다.

 하늘을 가르는 새들과 해수면에서 튀어오르는 고기는 점점 눈에 적게 나타났고 코끝이 시리기 시작했다. 추워진 날씨에 벌벌 떨면서도 노 젓기는 멈추지 못했다. 어느덧 청년의 배는 얼음에 둘러싸였다. 잘게 쪼개진 얼음이 청년이 전진하지 못하도록 막았다. 노의 손잡이 부분으로 얼음을 쪼개고 치웠지만 이렇게 가다가는 이 꿈이 끝나기 전에 새하얀 눈밭을 볼 수 없을 것 같았다. 그때 청년은 노로 힘껏 얼음조각을 밀었지만, 노가 미끌어져 바다로 빠질 뻔했다. 청년은 허둥지둥 중심을 잡고 다시 노를 붙잡았다. 그의 조급함을 눈치 챈 바다가 낮은 소리로 천천히 희미하게 그에게 물었다.

 "왜 이렇게 급해?"

 여전히 청년은 얼음을 치워가며 앞으로 가려고 애쓰고

있었다.

"아니, 빨리 안하면 못하거나 잊어버릴 것 같아서. 중요한 건데."
"근데 네가 원하는 게 있는 게 확실해?"

청년은 새하얀 들판 위로 보이는 오로라를 상상했다.

" 글세, 모르니까 더 앞서서 빨리 준비해야 하는 거 아냐?"
" ... 그래?"
" 내가 원하는 것을 책임지는 관리자는 나뿐이라서 그래. 내가 잊어버리면 그건 완전히 잊히잖아. 잊혀지기엔 너무 아까워."

바다는 그의 말을 훔쳐 바다로 가져가며 파도를 조용히 흘렸다.

"됐다. 이제는 걸어가야겠어."

청년은 이 꿈이 끝나간다는 조급함에, 무엇도 챙기지 않고 배에서 훌쩍 내렸다. 추위도 그렇고, 이제는 체력도 조금 남아있음이 느껴졌다. 조각난 얼음덩이를 뛰어넘어갔다. 그리고 눈 앞에는 눈 덮힌 언덕이 펼쳐졌다.

꿈을 담은 바다

청년은 이 언덕만 넘어가면 자신이 원했던 평평한 눈밭이 아름답게 펼쳐질 것이라고 확신했다. 이를 악물고 푹푹 빠지는 눈을 넘어 올라갔다. 움직이길 반복하며 그는 예전에 마을에서 만난 사람들의 얼굴이 떠올랐다. 그곳은 온기가 가득했는데. 인사와 선물을 잘 드리고 여행을 출발할 걸 그랬다. 하지만 이제는 다시 돌아갈 수 있는 체력이 있지 못했다.

 마침내 청년은 언덕의 최상단에 있었다. 그러나 청년의 마음 속에는 이 길이 마냥 환상적이진 않다는 생각이 스쳤다. 마을 사람들이 보고 싶었다. 마을 사람들을 떠올리던 청년의 눈은 이제 초록빛 들판을 담았다.

 "초록색? 들판?"

 어떻게, 왜? 이럴 수가 있지? 방금까지 자신은 눈이 뒤덮힌 언덕을 넘었는데, 저 아래는 풀과꽃이 자라난 들판이 있다. 말이 되지 않았다. 곧 청년은 깨달았다. 여기는 현실이 아닌 꿈이었다. 허탈함에 청년은 언덕 위에 그대로 주저앉았다. 그리고 엉덩이에 느껴지는 찬 기운을 느끼며 초록 들판을 입을 벌리고 바라보았다. 이런 초록빛을 원해서 노를 젓고 고생을 한 게 아니었다. 허탈함에 오로지 앞만을 멍하니 쳐다보았다.

꿈을 담은 바다

시간이 꽤 흐르고, 청년은 이 상황에 조금 익숙해졌다. 상상한 설원은 아니지만 찬찬히 바라본 초록빛 들판도 나름대로 아름다웠다. 청년은 자리에서 일어나 풀린 다리로 언덕을 내려왔다. 밟고 있던 눈이 점차 진흙으로 바뀌고 잔디로 바뀌었다. 어느덧 잔디는 청년의 허벅지를 스칠 만큼 우거졌다. 청년은 벌레를 싫어했지만, 마음을 먹고 들판을 돌아다니며 여러 꽃과 나무를 눈에 담았다. 청년은 환한 들판이, 자신이 상상하던 새하얀 눈밭과 비슷하게 희게 눈이 부시고 정말 아름답다고 생각했다.

　풀을 스친 선선한 바람이 청년에 귀에도 들렸다.

　손에 스치는 꽃들을 바라보며 청년은 이 현실 같은 꿈의 모험이 정말로 끝나감을 느꼈다. 모든 것이 끝난 듯 고요하고 캄캄했다. 편안히 청년은 단지 받아들였다.

　남포대교 바로 아래 돌멩이들끼리 모니터를 보며 얘기를 한다.

"이번에 온 아이에게 세상은 이랬구나."

　전광판 속 그의 모험이 파노라마처럼 지나갔다.

꿈을 담은 바다

"자신의 열정에 따라 행동하는 게 멋지고 볼만했지?"
"그래, 마지막에 열정 외에도 사람들과 아름다움을 되돌아보는 게 인상깊더라."

돌멩이가 쿡쿡 웃었다.

"여기서 고민 있는 사람들을 보고, 바다로 자기가 원하는 것을 모험하게 하는 건 너무 즐거워."
"동감이야. 모두 다 귀엽고 사랑스럽지. 각자 다 소중한 것이 있고 그것을 지키고 이루기 위해 깨닫고 노력하니 대단하기도 하고 말야."

돌멩이를 넘어, 고장난 모니터에 글자가 희미하게 그려졌다.

- 무엇을 원하고, 무엇을 바꾸고 싶어?
- 한 편의 작품을 지켜보며 여기서 응원할게.

밤바다는 조용히 물결을 치고 있었다.

5. 남은 이야기

맴-맴- 찌르르-

꿈을 담은 바다

여름의 소리가 따스한 빛과 함께 집 안에 들어왔다.

"아니, 그래서 내가 남포대교에서 뭔가 홀린 게 분명해!"

청년은 심각하게 친구와 통화를 했다. 코로나에 4번째 걸린 얘기를 하다가, 무서운 얘기로 넘어갔다. 청년은 그때의 기억이 너무 생생해서 무서웠다.

"그런 경험은 처음이었어. 삶을 두 번 사는 느낌?"
"신기하네. 이렇게 생생하게 꿈을 꾸는 게 흔치 않은데. "
"맞아."

친한 친구와 간만에 통화를 하고 난 후, 청년은 다시금 노래 연습에 집중했다. 전보다 조절이 조금 더 좋아진 것 같아서 뿌듯하던 청년은 청년의 어머니한테 녹음본을 들려주었다. 슬픈 곡이라 감정 넣기가 힘든 곡이었는데, 감성이 짙은 어머니는 얌전히 들으시곤 눈물을 흘렸다.

"슬퍼..."
"뭐?"
"슬프다. 잉잉잉..."

꿈을 담은 바다

네 노래를 들으니, 파노라마처럼 인생이 스쳐지나가는 듯했다고 어머니가 덧붙였다. 이 상황이 어이가 없고 웃겨서 청년은 웃음을 참다가 어머니를 달래주었다. 청년은 곧 휴대폰을 확인해서 자신이 올린 노래영상에 누군가 목소리가 정말 좋다고 댓글을 달았음을 확인했다. 익명의 누군가가 반응을 해준 것은 처음이었기에 청년은 기뻐서 날뛰었다.

"엄마, 아빠!"
"응?"
"왜부르노."

"안마해줄게."
"그래? 우리딸 최고!"
"치킨 사줘?"
"아니야. 그냥 좋아서."

청년은 자신의 게으름을 자책하던 초여름과 달리, 플래너에 하나씩 꿈과 관련한 일을 적고 해나가고 있었다. 다른 중요한 것과 함께 이상을 위해 할 수 있는 것이 있다며 오늘도 현실에 감사해한다. 당신의 꿈같은 현실은 무엇인가?

꿈을 담은 바다

작가노트

김동현	부산의 윤슬	1
이해린	묘한 여자	25
훈재	나의 그림자였던	49
민	생각과 글과 시와 마음	67
오사	파도가 없는 바다	89
정연	어디, 사람	115
안영희	가오리와 Am	137
다영	매축지 마을	157
김효선	불안과 바다	189
권민수	표류인간	205
김월가	온 더 레일	235
혜파리	비가시 생존	259
지록	꿈을 담은 바다	271

김동현

부산의 윤슬 0 장

 철학적 사유를 요구하는 것은 주제 넘는 일입니다. 현학적 즐거움을 추구하는 것이 최선이라면 당신과 나는 조금 가까운 사람이 될 수 있습니다. 한 가지 일러두는 점은 모든 대화의 이면에 깊게 내려앉은 구조는 새로운 신화를 구축하고 어떤 기시감 까지 느끼게 합니다.

 모호한 단어들로 피해가려는 수작을 이해해 주세요. 솔직하게 현 시점 제가 느끼는 부조리함과 그 부조리함 반대의 핍진성에 대한 이야기를 하고 싶은 것이 아닙니다. 단호한 태도에서 자신감을 느끼고 싶은 것도 아닙니다.

 권씨와 박씨에 관한 이야기는 주인공이 꿈속에서 겪는 실어증 증세입니다. 어떤 기능이 마비되었는지는 그가 꿈에서 깨어 살아가는 모습을 보면 알 수 있습니다.

 문장 풀이가 잘 안될지도 모릅니다. 어떤 기능을 어디서 상실하여 어떤 불편함을 겪는지 알아주는 사람은 없습니다.

 아주 정직한 사고방식으로 접근하지 마십시오. 부디 모든 것을 읽어내지 말아주십시오. 어떤 어휘가 주는 소리에 민감하게 반응하지 마십시오. 어떤 단어를 사랑했는지 기억해 보십시오.

작동하지 않는 트리거를 많이 설치해 두었습니다. 연사 된다면 그만큼 기쁜 일이 없겠네요. 그런 일이 생긴다면 저에게 꼭 전해주세요. 기다리겠습니다.

이해린

묘한 여자

 이 프로젝트를 참여하기 전부터 서울 사람인데도 부산 지인이 많았습니다. 부산 출신 친구들, 부산 출신 작가님들, 부산 독립서점 사장님이 친절하게 맞이해 줬어요. 좋은 이미지를 갖고 있었는데 051 프로젝트를 통해 좋은 분들을 알게 되어 감사합니다.

 물론 안 좋은 기억과 평생 보고 싶지 않은 사람도 생겼지만, 이 모든 게 훗날 제 소설에 웃으며 써 놓을 수 있고 술자리에서 말할 수 있는 일들일 것입니다.

 멀리서도 안부를 물어봐 주신 분들, 감사합니다.

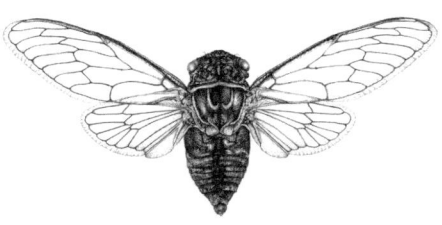

훈재
나의 그림자였던

 이번 051 프로젝트를 진행하며 글쓰기가 하나의 팀 스포츠가 될 수도 있음을 느꼈습니다. 부산이라는 공통된 배경을 두고 저마다의 세계관으로 쓰인 글들을 함께 공유하며 모두의 생각과 느낌이 조금씩 글에 배었습니다. 그래서 제 글은 저만의 것이 아니라 051 모두의 것입니다. 글을 매개로 우정을 나눌 수 있었던 이번 프로젝트를 잊지 못할 것 같습니다.

민

생각과 글과 시와 마음

Because everytime I told myself that I was gonna be okay,

I needed to be stronger than myself.

오사

파도가 없는 바다

 부산의 밤을 오래 걸었습니다. 비와 술, 바다와 냉장고 소리가 번갈아 말을 거는 도시에서, 저는 늘 이유를 찾는 사람이었습니다. 왜 마셨는지, 왜 잠이 오지 않는지, 왜 어떤 말들은 끝내 들리지 않는지. 그러다 보니 삶의 많은 일들이 설명되지 않은 채로도 그 자리에 머문다는 것, 파도처럼 왔다가 지워진다는 것을 조금씩 배우게 되었습니다.

 이야기 속에는 편의점 불빛, 전봇대의 주황, 초록 라벨의 냉기, 뜨겁게 데운 사케와 차갑게 식는 말들이 겹쳐져 있습니다. 혜정과의 장면, A 선배와의 대화는 각자의 방식으로 '행복'과 '말해 주어야 비로소 알 수 있는 것들'을 가리킵니다. 저는 그 사이에서 자주 머뭇거렸고, 때로는 침묵으로만 대답했습니다.

 나는 나 자신을 좋아하지 않는 쪽에 가까운 사람입니다. 그럼에도 미움의 밑바닥에 애정이 있다는 사실을 알고 있습니다. 애정이 없다면 실망도 없고, 오래 바라보지도 않았을 테니까요.

모순과 흔들림, 설명하려다
끝내 설명하지 못한 마음을 글로 썼습니다.
읽는 이의 밤에도, 나의 밤에도,
웅덩이만큼의 파도 소리가 오래 남기를 바랍니다.

정연

어디, 사람

 여행을 떠날 때마다 저는 '어디를 갈까' 보다 '누구랑 함께 가는가'를 먼저 생각합니다. 같은 장소라도 옆에 있는 사람에 따라 풍경이 달라지고 똑같은 길도 전혀 다른 기억으로 남기 때문입니다.
 그렇게 여행의 의미가 목적지보다 동행에 의해 다시 쓰이듯, 삶의 자리 또한 결국은 어떤 것과 함께 살아내느냐에 따라 다르게 기록된다고 생각합니다.

 아마 그래서일까요. 단편을 쓰는 동안 저를 가장 오래 붙잡은 질문은 '나는 어디 사람일까'였습니다. 부산에서 태어났지만 또 다른 도시에서의 삶도 함께 공존하는 세월이 쌓이며 늘 제가 어디사람인지 확인하고 싶었습니다. 어떤 날은 떠나온 곳이 더 선명했고, 또 어떤 날은 지금 서 있는 자리가 더 낯설게 느껴졌습니다. 그렇게 글은 끊임없이 그 질문을 되새기는 과정이었고 퇴고의 끝에서야 저는 답을 찾기보다 질문 자체와 함께 살아가야 한다는 것을 알게 되었습니다.

아마 살아가는 일도 그와 다르지 않을 것입니다. 우리 모두는 때때로 자기만의 물음과 마주하며 길을 걷습니다. 그 물음은 명확한 답을 요구하기보다 천천히 함께 살아가기를 기다리는 것인지도 모릅니다.

 그래서 바라게 됩니다. 읽는 분들도 언젠가 걸어온 길 위에 놓인 자기만의 작은 돌을 발견하기를. 설령 그것이 아프게 걸려 넘어뜨리든, 아니면 잠시 멈추어 풍경을 다시 보게 하든, 그 순간은 결국 삶을 다정히 다독여주며 일상의 길 위에서 또 한 발 더 걸어가게 해줄 것이라고 믿습니다.

안영희

가오리와 AM

 어릴 적 어떤 소설이든 읽고 나면 저는 그 이상하고 새로운 세계가 꼭 어딘가에 존재한다고 믿었습니다. 열린 결말로 끝나버린 소설을 창조된 이야기로 받아들이지 못하고 그 소설 속의 인물들이 여전히 잘 살고 있을까 포털 사이트에 찾아보기도 하면서 그들이 그들의 방식으로 평안하고 행복하기를 바랐습니다. 그런 제가 처음으로 소설을 써보겠다며 글을 썼는데 이 글을 소설이라고 할 수 있을까하는 의문이 듭니다. 내 이야기를 이렇게 함부로 쓰면 어떻게 해요, 억울하고 슬픈 얼굴을 한 누군가를 언젠가 마주칠 것 같아요. 그러면 저는 그저 소설을 썼다는 변명 뒤에 숨을 수 있을까요. 잘 살길 바란다는 말은 회피이겠고, 죄송하다는 말은 의미 없는 책임이겠습니다. 이번 프로젝트는 아직은 이야기를 만들어낼 자질이 부족하다고 자책하며 자주 도망치는 작업이었습니다.

 우리 아빠는 '밥만 잘 먹더라'는 노래를 좋아했습니다. 그 이유는 단지 아빠가 밥을 좋아해서였습니다. 오랜만에 그 노래를 우연히 들었습니다.

'미워한다고 뭐 달라지나 그냥 사랑할게' 라는 가사가 들렸습니다. 그러게요. 저는 어쩌자고 사랑에 들어붙은 미움을 더 크게 끌어안고 슬퍼했는지 모르겠습니다. 사랑을 할 때면 늘 어색했습니다. 사랑에는 늘 이물질 같은 감정들이 진득하게 들러붙어 있었거든요. 질투, 미움, 집착, 비교, 연민 같은 것들이 말입니다. 사랑은 무결해야 한다고 생각했습니다.

어렸을 때 친구를 따라 갔던 교회에서 믿음, 소망, 사랑 그 중에 사랑이 제일이라고 하더라고요. 사랑이 제일이려면 사랑에는 아무런 죄가 없어야 하지 않을까 하는 생각을 종종 했던 것 같습니다. 저는 '슈가슈가룬' 만화를 좋아했는데 누군가 사랑을 하면 예쁜 크리스탈 모양으로 반짝이는 예쁜 하트가 생깁니다. 저는 오랫동안 그런 것-세상에서 제일 좋으면서도 변하지 않고 반짝이기만 하는 예쁜 것-이 사랑이라고 오해했습니다. 하지만 시간이 지날수록 사랑은 구질구질하고 그 구겨진 모양마저도 사랑으로 사랑하게 되는 게 아닐까 하는 생각으로 기웁니다.

저에게는 가족도 사랑 같은 것이었습니다. 가족은 감히 함부로 미워할 수 없고 반질반질 다려진 매끈한 모양이어야 한다고 생각했습니다. 그런데 대부분의 가족들도 남들에게 애써 말은 안 해도 어딘가는 구질구질 구겨진 것 같습니다. 우리는 그런 가족을 사랑하거나, 혹은 더이상 사랑하기를 포기하기도 하죠. 사랑이 꼭 반듯하고 핑크빛이여야 한다거나, 가족이 꼭 화목하고 사랑해야 한다는 건 동화 같은 이야기라는 걸 알게 되는 나이가 되었습니다. 제 이야기 속 아버지의 자식은 충분히 미워할 수 있음에도 아버지를 사랑하기를 선택했지만 사랑을 생각할 수 없을 만큼 용서할 수 없는 상처를 주는 가족이 많다는 걸 알고 있습니다. 결국 사랑해버린 이야기에 좌절하고 슬퍼하게 될 독자에게 가족에 대한 증오의 여지를 남기지 못한 것은 저의 부족함이기도 하겠지만 사랑에 대한 개인적인 바람이기도 합니다.

 결국은 사랑하는 이야기는 진부합니다. 그럼에도 이번에 저는 진부한 얘기를 하고 싶습니다. 미움과 사랑을 저울질하면 현실에선 미움이 이기는 경우가 생각보다 많을 것입니다. 그래도 저는 이야기 속에서라도, 뻔하지만 사랑이 이겼으면 좋겠습니다. 살다 보면 차마 사랑을 주기 어려운 못된 사람도 많습니다. 그 모두를 사랑하라는 것이 아닙니다. 다만 스스로를 대하는 마음만은 미움보다 사랑으로 기울었으면 합니다.

 이야기에서만큼은 우리들의 가족이, 우리의 사랑이 조금은 더 반짝이면 좋겠다는 마음으로 썼습니다. 각자의 구질구질한 이유들에도 애석하게도 사랑으로, 그렇게 사랑으로 나아가면 좋겠습니다.
 부디 평온하시길 바랍니다.

다영
매축지 마을

부산에서 태어났습니다.

어쩐지 항상 이 도시가 못마땅했던 것 같아요. 좋은 것을 좋다고 말하지 못하는 투박함, 거친 사투리, 높낮이가 강한 억양 같은 것들이 늘 불편했습니다. 서울 사람들은 말씨가 어찌나 다정한지요. 왠지 말씨처럼 마음도 더 고울 것만 같고요. 저는 부산을 타박하기 바빴습니다.

그러나 이번 소설을 쓰면서 알게 되었습니다. 제가 생각보다 부산을 끈질기게 사랑하고 있다는 사실을요. 친구라면 대수롭지 않게 넘길 일도 가족이 하면 괜히 신경이 곤두서듯, 제게 부산은 그런 도시입니다. '노인과 바다' 라는 별칭에 마음이 무겁습니다. 부디 이 소설의 독자들이 부산이라는 공간을 따뜻하게 바라 봐주었으면 합니다.

우리 모두 자신만의 상처를 안고 살아간다고 생각합니다. 상처입은 아이가 부모가 되고 다시 상처입은 아이를 키워내는 성장 이야기입니다. 부산의 바다가 아픔과 회복을 담아내는 그릇이 되었습니다.

김효선

불안과 바다

 다양한 점을 찍으며 하나의 모양으로 채워가는 걸 좋아합니다. 이 문장들도 저라는 사람의 모양을 만드는 점 중에 하나가 아닐까 생각해요. 우연히 읽은 이 문장들이 당신의 마음 속 한켠에 오래 머무는 마음이 되었으면 좋겠습니다.

권민수

표류인간

 귀하의 독서에 감사드립니다.

김월가

온 더 레일

〈온 더 레일〉은 지난겨울, 비상계엄을 배경으로 한 소설입니다. 작가를 꿈꾸며 살아가는 유진이 부산을 벗어나 서울 시위에 참여하고, 동경하던 '영영'이라는 인물을 만나는 짧은 이야기입니다. 일상의 균열로 시작으로 부산을 떠나, 서울에 닿았다가 다시 돌아오는 과정에서 자기 세계를 재구성하는 과정을 이야기에 담고 싶었습니다.

우리는 때로 자신의 환경에 사로잡혀 그 너머를 바라보지 못합니다. 지리적인 조건이거나, 직업적인 조건이거나, 혹은 그것이 오랜 꿈이라도 그렇습니다. 처음에 선했던 것들도, 나중에는 자신을 구속하고, 고통을 줍니다. 그 과정에서 우리는 자유를 잃고 노예가 됩니다. 속박을 끊어내는 방법은 계속해서 움직이는 것이라 생각합니다. 포획되지 않기 위해 우리는 계속 걷고, 도전하고, 실패하고, 말하고, 고통받아야 할 것입니다.

어딘가로 가서 '머무는' 것은 또 다른 속박을 향해 가는 것과 같을 것입니다. 유진은 '영원'에 머물고 싶다고 말합니다. 제가 만들어낸 이 인물이 어디에 있든지 무엇에도 사로잡히지 않고 스스로의 걸음을 떼어 움직이기를 바랍니다.

소설을 '쓰고 싶다고' 말한 지 10년이 다 되어 갑니다. 그리고 소설을 '쓰겠다고' 한 지는 5년, 소설을 '쓰고 있다고' 한 지는 겨우 1년 남짓입니다. 쓰지 않고 방치된 시간도 제법 됩니다. 자기 확신에 이르는데 오랜 시간이 필요한 사람이 누구의 목소리도 아닌, 자신 내면의 소리를 듣고 길을 찾기까지 참 오래 걸렸습니다. 이제서야 소설을 쓰고 싶다고 말하는 게 부끄럽지 않습니다. 이 소설을 쓰며 자주 꺼내본 영시 〈The Waking〉의 한 구절을 나누고 싶습니다.

And, ovely, learn by going where to go.
그리고 사랑하는 이여, 어디로 가야 할지를 걸으며 배우라.
This shaking keeps me steady. I should know.
이 흔들림이 오히려 나를 바로 세운다. 나는 그것을 안다.
What falls away is always. And is near.
떨어져 나가는 것은 언제나 있으며, 언제나 가까이에 있다.
I wake to sleep, and take my waking slow.
나는 잠들기 위해 눈을 뜨고, 천천히 깨어 있음을 받아들인다.
I learn by going where I have to go.
나는 가야 할 길을 걸으며 배운다.

— Theodore Roethke, 《The Waking》

에리히 프롬은 "자유는 단지 어떤 것에서 벗어나는 것이 아니라, 어떤 것을 향해 나아가고, 무엇인가를 할 수 있는 능력이다."라고 말했습니다. 즉, 자유란 내가 할 수 있는 일을 할 수 있는 힘과 상태라고 해석할 수 있습니다. 시의 화자 역시 깨어남(삶)으로써 내가 가야 할 곳, 있어야 할 곳으로 감으로써 자유를 경험한다고 하겠습니다.

그런 의미에서 저는 051 프로젝트를 통해서 한 발짝 더 자유로워졌다고 생각합니다. 완벽하지 않아도 완결을 맺는 힘을 경험했고, 또 계속 쓸 수 있겠다는 믿음을 가질 수 있었습니다. 이 걸음이 계속해서 이어지길 바라며 글을 맺습니다. 영감을 준 사람들과 옆에서 격려를 아끼지 않은 친구들, 무엇보다 함께 프로젝트에 참여한 작가님들께 감사의 마음을 전하고 싶습니다.

헤파리

비가시 생존

  언젠가 소설을 쓰게 된다면, 제 정체성이자 가장 좋아하는 해파리로 저를 비유하고 싶었습니다.

  해파리는 사람들에게 금지의 상징처럼 보이지만, 스스로를 지켜내는 확실한 공격 수단을 가지고 있고, 바다의 일렁임 속에서 끝없이 유영합니다. 유연하면서도 단단한 그 존재가 제게는 닮고 싶은 모습이었습니다.

  그래서 이번 글에서 해파리를 빌려, 가출 청소년들의 삶을 담아보고자 했습니다. 흔히 아이들이 잘못해서, 혹은 올바르게 자라지 못해서 가출한다고 말하지만, 실제로는 가정폭력이나 사회적 문제 속에서 떠밀려 나온 경우가 많습니다. 저는 그 시선을 조금 바꾸고 싶었습니다.

  '왜 그렇게 되었나'에 멈추지 않고, 그 속에 깃든 마음과 맥락을 들여다보는 시선.

  이 책이 그 질문을 조금이나마 불러일으킬 수 있다면 좋겠습니다.

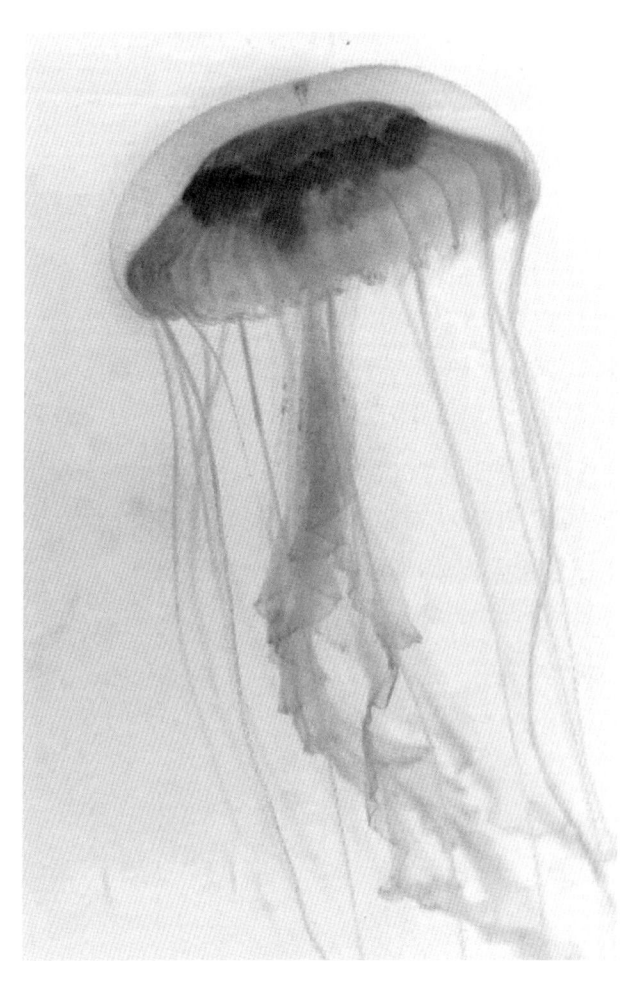

지록

꿈을 담은 바다

 이 이야기는 '시원하게 바다를 가르며 모험을 하는데, 그게 내 내면세계라면 어떨까?'에서 시작되었다. 모든 사람은 각자 삶 속에서 점점 성장하고 학습한다. 그러나 낯선 것을 익힐 때 같이 겪는 고통 또한 감내야 할 것 중 하나다. 특별한 이름이 없는 청년이라는 주인공이 목표로 향하는 과정에서 누구나 겪을 수 있는 부정적인 정서를 심해에서 만나지만 그 정서가 나를 응원하기 위함이었음을 이해하고 성장하는 이야기이다. 자신만의 심해를 마주하고 가라앉는 기분을 느낄 때, 그 심해에서 받을 수 있는 힘을 받고 도약할 수 있기를 바라는 마음이다.

051 : 부산의 문장들

지은이 13인 공동(목차 참조)
기획자 이성웅
펴낸곳 어푸어푸
연락처 216moshu@naver.com
발행일 2025년 10월 20일
판/쇄 초판 1쇄

ISBN 979-11-991854-0-1 03810
값 14,200원
이 책의 일부 또는 전부를 이용하려면 권리자의 사전 동의를 받아야 합니다.
편집 디자인 이성웅
자료 제공 참여 작가 외 김대인